力量

陈聪 屈婷◎著

北京联合出版公司
Beijing United Publishing Co.,Ltd.

图书在版编目（CIP）数据

力量 / 陈聪，屈婷著 . -- 北京：北京联合出版公司，2020.7（2020.8 重印）
ISBN 978-7-5596-3699-7

Ⅰ. ①力… Ⅱ. ①陈… ②屈… Ⅲ. ①新闻报道 - 作品集 - 中国 - 当代 Ⅳ. ① I253

中国版本图书馆 CIP 数据核字（2020）第 120948 号

力量

作　　者：陈　聪　屈　婷
出 品 人：赵红仕
责任编辑：徐　樟
版式设计：张　敏
责任编审：赵　娜

北京联合出版公司出版
（北京市西城区德外大街 83 号楼 9 层 100088）
北京华景时代文化传媒有限公司发行
北京中科印刷有限公司印刷　　新华书店经销
字数 127 千字　　690 毫米 ×980 毫米　　1/16　　14.5 印张
2020 年 7 月第 1 版　　2020 年 8 月第 2 次印刷
ISBN 978-7-5596-3699-7
定价：48.00 元

前言

流行病学上有一个经典表述——冰山现象（Iceberg phenomenon），指的是在人群中，能发现的某种疾病或健康问题的典型患者仅占该病或健康问题所有形式的很少一部分，有如海水中的冰山，大部分淹没在水面以下。

从2019年年底（或许更早）肇始并迅疾席卷全球的新冠肺炎疫情也不例外。这不是人类第一次和冠状病毒交手，这种有着显眼“王冠”结构的病毒对人类来说是一种极为狡猾的“宿敌”——不按常理出牌，不安分守己，飘忽不定，捉摸不透。只要人类稍有不慎，这种病毒在短时间内就可能引起疾病的大规模暴发。

就在其他国家尚未对这种病毒及疑似患者给予足够关注时，中国这艘乘风破浪的巨轮遽然调速，全力迎战新冠病毒。

从疫情在武汉暴发开始，医护人员集结出征、英勇赴战，在抗疫一线日夜奋战、救死扶伤；科研工作者冲在一线，争分夺秒研发药品和疫苗；公安干警冲锋在前，守护在医护人员和人民群众的身边；外卖小哥马不停蹄，为前线医护人员送餐，用真情传递真爱；志愿者大爱无言，用暖心行动守护着家乡……在以习近平同志为核心的党中央坚强领导下，从湖北到全国，14亿人民万众一心、众志成城，凝聚起同舟共济、共克时艰的磅礴力量。

在这本书中定格的，就是承载着亿万中国人民抗击疫情力量的“中国巨轮”抗击新冠肺炎疫情的一个个生死时刻与感人瞬间。

确实，诚如在抗击疫情期间广为流传的那句话所说：时代的一粒灰，落在个人头上，就是一座山。这是这个时代每一个个体猝不及防地面对汹涌来袭的病毒时最切身的体会。

但是，我们应该看到，在抗击疫情最前线，千千万万的医护人员、疾控工作者不惧风险逆行出征，社区基层工作者、志愿者夜以继日坚守在岗，病床上和方舱医院的病人为了生存而拼搏，无数的人为了更多人的健康而戴上口罩、居家隔离、献出爱心……亿万国人的善举告诉我们，人的灵魂假如只能拘泥于个体的偏狭之中，便只能满足于自我小小的天地，而忽略了整个国家和民族为这场疫情的巨大付出与伟大牺牲！

我们愿意记录下在抗击疫情过程中那些奋战在一线

渺小而伟大的人——他们可能是你素昧平生的一名普通医务工作者，或者是平时穿梭在大街小巷的不起眼儿的快递小哥、外卖小哥，他们忍受与家人分离的痛苦，选择直面生与死的考验，他们同样有着无法言说的委屈，我们都想要记录下来。

我们应该看到，新冠肺炎疫情暴发以来，在习近平总书记亲自指挥部署下，全国人民与时间赛跑，与病毒抗争。经过艰苦卓绝的努力，中国不仅有效遏制了国内的疫情扩散，而且为全世界抗击疫情争取了时间，积累了经验，提供了帮助。

我们愿意记录下，战“疫”过程中那些不能忘却的时刻。这就是附录二中的《中国抗击新冠肺炎疫情大事记》，简要梳理了自武汉发现新冠肺炎病例以来，中国在及时发布疫情信息、分享防控经验、推进疫情防控国际交流合作方面的重要举措。

我们应该看到，在新冠肺炎疫情暴发之初，全国上下为抗击疫情所付出的努力。广大网民反映的问题线索，通过国务院“互联网＋督查”平台等渠道被汇总上报，相关部门建立专班研判，并转送有关地方和部门在疫情防控工作中参考决策、妥善处理。很多问题还出现在次日的国务院联防联控机制发布会上，让部委及时作出回应。

我们也愿意记录下，在疫情防控最紧要关头的2020年2月，在国务院联防联控机制发布会现场采写的有关稿件，这可以让公众从另一个侧面详尽地了解抗击新冠肺炎疫情期间的一些可能会被人们忽略的事实与瞬间。这就是本书中附录四的内容，不是“听说”，不是不具名的表达，而是在与病毒对垒的紧要关头，一个国家实实在在出台的举措、每分每秒正在发生的真相。

“封一座城，护一国人。”短短八个字，浸透着生命的力量。

在武汉市江汉方舱医院内，春节归家探望父母却不幸“中招”的付先生手捧《政治秩序的起源：从前人类时代到法国大革命》专注读书的场景，一度在网上引发热议。

面对网友的关注，付先生更希望大家把焦点放在医护人员身上。“他们每天忙进忙出十几个小时，我很心疼。”

同样在方舱医院里引起网友关注的，还有武汉市江岸区某校一名高三学生杨同学。他把将要考试的六门课的参考资料都带进了医院，把每天的复习日程安排得很紧凑。

在美国《时代》周刊发布的抗疫群像中，北京外卖骑手高治晓的一双手格外醒目。这个32岁的青年每天骑行100多公里，最多派送70单，一双手送出的不仅是很多家庭的急需物品，更是一个国家负重前行的希望。

——因为，生活还要继续，太阳照常升起。

在面对困难时，我们依然能够不惧挑战、敢于应对，一个个体的人生路途、一个国家的伟大征程，不就在这样一撇一捺地书写着吗?

“疫情当前，身处各个行业的普通人，目前可以为祖国做些什么？”——在问答社区知乎上，这个帖子火了。这个问题得到数千个回答，其中一个高赞答案是：不退。

不退，是我们的答案。因为我们相信，一个人的眼睛是什么样的，他的世界就是什么样的。能做事的做事，能发声的发声。正如鲁迅所说，不必等候炬火。有一分热，发一分光——这个世界，正因有了我们每一个个体的存在，而变得更加温暖。

2020年5月17日

北京

目录

C O N T E N T S

引 子

东经 114° 31′，北纬 30° 52′。

2020 年 1 月 23 日，除夕的前日，武汉。

往年春节前的这几天，正是一年当中最热闹的时候：黄鹤楼前游人如织，长江大桥车流滚滚，汉口车站人声鼎沸，楚河汉街欢声笑语，户部巷的热干面摊摊主热情招呼客人“过早”，人们忙着采购年货、预订年夜饭，计划着亲朋好友的相聚，冬日里的阳光似乎也浸透着丝丝暖意……

然而，就在这一天，一个史无前例的决定“刷屏”了——

武汉市新型冠状病毒感染的肺炎疫情防控指挥部 1 月 23 日凌晨发布通告：为全力做好新型冠状病毒感染的肺炎疫情防控工作，有效切断病毒传播途径，坚决遏制疫情蔓延势头，确保人民群众生命安全和身体健康，自 1 月 23 日 10 时起，武汉全市城市公交、地铁、轮渡、长途客运暂停运营；无特殊原因，市民不要离开武汉；机场、火车站离汉通道暂时关闭。恢复时间另行通告。

武汉，封城！

这个中国大省湖北的省会，一座“九省通衢”、有着1000多万人口的特大城市，史无前例地宣布“封城”，全力抗击由一种新型冠状病毒引发的疫情。

与此同时，一座以“新冠病毒”为名的“冰山”正逐步显露出如刀割般的棱角，隐隐威胁着亿万人的生命安全。

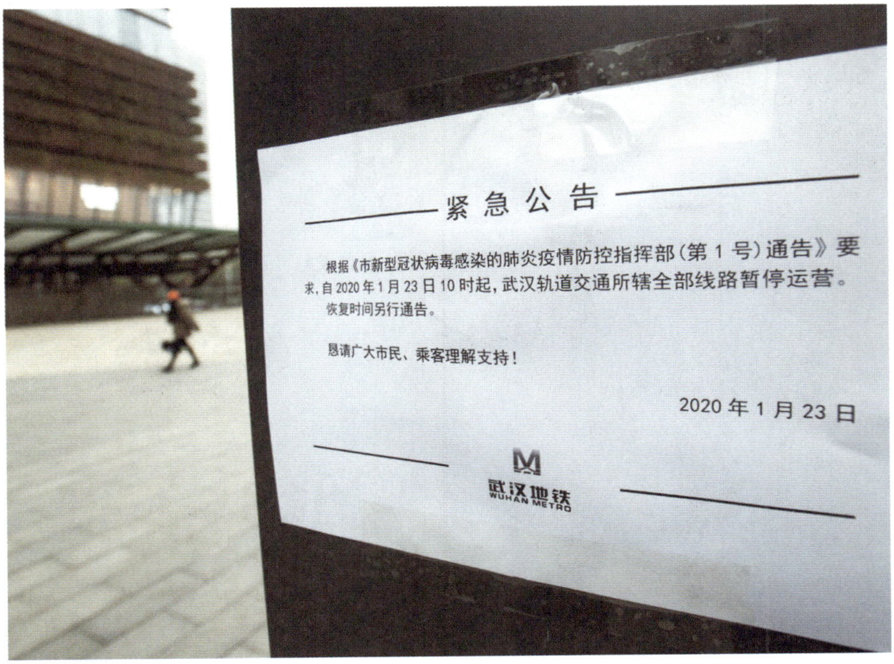

2020 年 1 月 23 日，在武汉地铁汪家墩站出口贴出的地铁停运通告。

▶ 2020 年 1 月 23 日 13 时许，武汉武鄂高速龚家岭收费站出城通道已封闭。

第一章
CHAPTER 1

武汉怎么了

病毒一开始只是火苗，慢慢会点燃一棵棵“树”——社区或家庭。如果一个国家能尽早发现那些“正在燃烧的树”，就能很快扑灭它。一旦发展成连片的山火，哪怕拥有最好的公共卫生管理系统的国家也会束手无策。

一切问题的引爆点，要从2019年12月30日在微信朋友圈流传的两张截图开始说起。

这两张截图，一张是以“武汉市卫生健康委员会”名义印发的盖章红头文件《关于做好不明原因肺炎救治工作的紧急通知》，其中要求严格信息上报，并强调“未经授权任何单位、个人不得擅自对外发布救治信息”。

另一张是微信群聊天截图，上面有一段话：

华南水果海鲜市场确诊了7例SARS，在我们医院急诊科隔离。

华南海鲜市场曾是华中地区最大的海鲜水产批发市场，距离汉口火车站不到1000米，开车用不了3分钟。种种迹象表明，疫情发生前，这里售卖的可能还包括野鸭、蛇、野兔等多种野生动物。上面微信群聊天里提及的“华南水果海鲜市场”其实是华南果品批发市场，距离华南海鲜市场直线距离不到900米。相邻的两家市场人流量极大。

这段话的发布者，是武汉市中心医院眼科医生李文亮。

“我是在一个150人左右的同学群发的，当时还强调了不要外传，主要是想提醒临床工作的同学注意防护。”事后李文亮对媒体说，他还在微信群里强调了这是冠状病毒，还在具体分型。

然而，这个被李文亮本人嘱咐群友“不要外传，让家人亲人注意防范”的善意提醒，还是被一名群友截图发到了网上——感染“非典”，可是要死人的。

当时绝没有人想到，一次截图、一次转发，就揭开了一场疫情的序幕。

一石激起千层浪。

12月30日晚上，国家卫生健康委员会值班人员、中国疾控中心就监测到了那份由武汉市卫健委印发的紧急通知，了解核实情况后，连夜组织调度。

12月31日，武汉秩序如常。根据武汉当地媒体报道，约20万名武汉市民和游客参加了跨年的长江灯光秀和东湖灯会。

同一天上午，国家卫健委专家组抵达武汉，开展实地调查。他们的主要任务有两个：一是判断疫情的性质、特点，确定是不是SARS；判断是不是一种新的疾病，了解疾病流行、临床等特点，包括是否“人传人”。二是指导和督促当地落实属地化管理责任和各项防控措施。

在此前后，当地有些医务人员已拉响“冰山”撞击的警报。

2019 年 12 月 27 日，湖北省中西医结合医院呼吸与重症医学科主任张继先就上报了 4 个可疑病例。后来，她被湖北省人社厅、省卫健委给予记大功奖励，称她“第一个为疫情防控工作拉响警报，是医院救治一线的‘带头人’”。

这一天，武汉市金银潭医院时任院长张定宇和副院长黄朝林在办公室里接到了一个电话。电话来自武汉另一家三甲综合医院，对方希望向金银潭医院转诊一名不明原因肺炎患者，并提示说，这可能是跟冠状病毒有关的病毒感染。

“三名病人发热、肺部感染，胸部 CT 显示双肺呈弥漫性、浸润性病变，其中夫妻两人先后发病。”华中科技大学同济医学院附属同济医院呼吸与危重症医学科主任赵建平清晰地记得，2019 年 12 月底他第一次接触感染病人时的场景。

病人肺部弥漫着一片片毛玻璃样的阴影——这种骇人影像很容易让人想起“非典”和中东呼吸综合征（MERS）。但人命关天，临床医生需要更多证据，才能判定并开展治疗。

金银潭医院是武汉唯一一家大型传染病专科医院，也承担着湖北省传染病医院的职能。17 年前，这家医院也是“非典”定点救治医院。这个电话里的提醒，让张定宇脑子里的那根弦一下子绷紧了。

12 月 29 日，湖北省中西医结合医院再次上报湖北省卫健委、武汉市卫健委 7 例聚集性不明原因肺炎病例。

省、市卫健委疾控处接到报告后，指示武汉市疾控中心、金银潭医院和江汉区疾控中心，到湖北省中西医结合医院进行流行病学调查。

当天晚上，金银潭医院以三级防护的标准，从湖北省中西医结合医院转运 6 名患者，其中轻症 3 名、重症 3 名。一对患病夫妻的儿子没有去金银潭医院，留在张继先这里继续治疗 。① 加上在金银潭医院现场收治的 3 人，9 人全部被安置在隔离病房。

从这天起，张继先有了警觉。她要求所有呼吸科医护人员戴口罩。随后，她又嘱咐科室人员在网上订购了 30 套细帆布做的白色工作服，让大家穿在身上。

“不戴口罩就把号根退了！”个子小小的张继先嗓门儿却很大。随着呼吸与危重症医学科门诊病人越来越多，她开始让护士长给病人发放口罩，并要求他们必须戴上。

另外，由于金银潭医院收治的不明原因的肺炎患者已排查过各种常见病毒，张定宇决定不再重蹈覆辙，直接进行肺泡灌洗液检查。

① 这名患者于 2020 年 1 月 7 日病愈出院。

2019 年 12 月 30 日一早，张定宇带领团队对该院收治的 9 名不明原因肺炎患者中的 7 名进行支气管肺泡灌洗液采集，并送往中科院武汉病毒所等机构进行高通量测序技术（NGS）检测。

相比 SARS 试剂盒和胸部 CT，NGS 是一种通过基因序列信息鉴定新病毒的方法。由于 NGS 一般需要 3 天才能出结果，所以针对肺泡灌洗液样本的 SARS 试剂盒平行检测先行开展。

就像一块块破碎的“拼图”渐渐聚合：不同于此前有些咽拭子检测呈阴性的结果，肺泡灌洗液的 SARS 核酸检测全部呈阳性。

“如果我们没第一时间做这个肺泡灌洗，可能病毒的发现还会推迟一些。”张定宇说，正是因为核酸检测的结果明确了它是一种冠状病毒，加上病例存在流行病学关联性，所以引起了他们的高度重视。

前面提到的武汉市卫健委发布的《关于做好不明原因肺炎救治工作的紧急通知》（以下简称《通知》），正是在这种背景下出台的。《通知》要求，各单位立即清查统计近 1 周接诊过的类似病例，并于下午 4 点前报送。

12 月 30 日晚上，湖北省卫健委、武汉市卫健委连夜开会，并邀请疾控方面的专家共同研究对策，部署相关方案。

之前分布在武汉多家医院的不明原因肺炎疑似患者纷纷转入金银潭医院，进行隔离治疗。

据张定宇介绍，发现一种新病毒需要三个要点：一是有病毒的基因序列；二是找到病毒颗粒；三是特异性抗体要成 4 倍以上增高。

那次至关重要的肺泡灌洗液检查得来的样本，在随后一一证实了这三个要点，成为发现新病毒的物质基础。

2003 年“非典”后，我国于 2004 年 1 月启用传染病与突发公共卫生事件监测信息系统（网络直报系统），覆盖全国卫生机构，不明原因肺炎是其监测、报告的重点之一。

12 月 31 日下午，该网络直报系统收到“武汉市江汉区武汉华南海鲜市场聚集性肺炎疫情”的通知。

此时此刻，这座秩序如常的江畔之城，正置身一场巨灾的前夜。

采购年货的人流熙来攘往，百步亭社区的万家宴正在紧锣密鼓地筹备，武汉市“两会”即将召开；在即将开始的春运中，数百万人将从九省通衢的武汉流出……在那个节骨眼上，如果一种新型、未知的呼吸道传染病突然袭来，那将成为传染病防控专家的“噩梦”。

从一系列官方披露的文件中，我们回溯“撞击警报”逐渐拉响的过程——

2020 年 1 月 1 日，武汉市华南海鲜市场休市，武汉市对全市农贸市场加强防病指导和环境卫生管理。当日，国家卫健委成立疫情应对处置领导小组，此后每日召开领导小组会议。

1 月 2 日，中国疾控中心、中国医学科学院收到湖北省送检的第一批 4 例病例标本，即开展病原鉴定。国家卫健委制订《不明原因的病毒性肺炎防控“三早”方案》。

1 月 3 日起，中方定期与世界卫生组织、有关国家和地区组织以及中国港澳台地区及时、主动通报疫情信息。

1 月 4 日，中国疾控中心负责人与美国疾控中心主任通电话，介绍疫情有关情况。双方同意就信息沟通和技术协作保持密切联系。

1 月 5 日，世界卫生组织首次就中国武汉出现的不明原因肺炎病例进行通报。

1 月 7 日，中国疾控中心成功分离首株新型冠状病毒毒株。

1 月 8 日，国家卫健委专家评估组初步确认新冠病毒为疫情病原。

1 月 9 日，国家卫健委专家评估组对外发布武汉不明原因病毒肺炎病原信息，初步判断病原体为新型冠状病毒。

至此，“新型冠状病毒”，一个略显陌生的词语，裹挟着对无数生命的睥睨席卷而来。

分离病毒毒株、认识病毒只是第一步。要想真正切断传染源，还要了解病毒的传播方式、传染性和毒力强弱。这是一个逐步认识的过程，正如人类历史上暴发的“西班牙流感”、埃博拉病毒疫情那样，是人类与病毒之间展开的一场漫长的有输有赢的残酷交锋。

平静的海面下，不安的波澜在涌动。

一批批传染病防控、临床感染科、病毒病原学专家紧急抵达武汉，在“迷雾”中艰难跋涉，研判疫情形势，制订诊疗和防控方案。

与此同时，来自一线的疫情、不断深入的科学认识等信息如雪片般汇集，飞向党中央、国务院最高决策者的案头。

1月7日，习近平总书记在主持召开中央政治局常委会会议时，对做好疫情防控工作提出明确要求。

随着疫情的蔓延，各大医院发热门诊开始拥挤起来。CT机超负荷地运转着，医生给出的诊断结果几乎一样——肺部毛玻璃样阴影。

就在我们拿起武器与病毒开战的紧急时刻，李文亮不幸成为第一批倒下的“战士”之一。

1月8日，李文亮在接诊时遇到不明原因的病毒性肺炎患者并受到感染，于10日出现咳嗽、发热等症状，随后病情加重。

同日，国家卫健委第二批专家组抵达武汉。

1月10日，国家医疗专家组专家、北京大学第一医院呼吸和危重症医学科主任医师、教授王广发对媒体说，目前患者的病情和整体疫情处于可控状态，大部分患者病情属于轻度到中度。确诊病例中，重症患者所占比例与普通肺炎重症患者所占比例差别不大，目前也没有出现参与救治的医护人员感染情况。经治疗，有部分患者已经治愈出院，其他患者还在积极治疗中。

在流行病传播中，医务人员被感染是一个重要标志。在众说纷纭的舆论环境中，当时的专家并不敢下医务人员被感染的定论，但疫情显然不会轻易停下脚步。

依照突发事件应对法和配套预案，一般情况下，一种新发现疾病需要基本了解其传染性和传播力后，才能被纳入传染病防治法管理。在此之前，各地按属地原则，依法采取疫情控制措施及信息发布。

1 月 11 日，武汉市卫健委通报，病例数从 1 月 5 日公布的 59 例降至 41 例。与通报同时公布的，还有来自第二批专家组的《专家解读不明原因的病毒性肺炎最新通报》。

1 月 13 日，世界卫生组织发表声明说，已收到在泰国确诊一名中国旅客感染新型冠状病毒的报告，并援引泰国官员的消息，表示这名患者正在康复中。在此期间，自 1 月 6 日开始到 17 日武汉市卫健委的几次通报中，病例再无增加。

直到另一个数据“蹦”了出来——

1 月 13 日当天，除泰国以外，国内北京、广东也报告了疑似病例。这意味着，随着春运的到来，武汉现有的社会管控措施已不能阻止疫情的蔓延。疫情发生地和病例数可能会进一步增加。

疫情凶险的程度，不言自明。党中央、国务院高度重视，疫情防控形势迎来了转折。

1 月 18 日，84 岁的钟南山院士拿着一张“无座”火车票，挤上了从广州开往武汉的 G1022 次列车。

在餐车中，好不容易谋得一座的他梳理起最近从学生口中、官方渠道听到的消息，心中那种不安的感觉越来越强烈。

即将抵达武汉的钟南山，是国家卫健委高级别专家组组长。其他成员分别是国家传染病重点学科带头人李兰娟院士，中国疾控中心主任高福院士，中国疾控中心流行病学首席科学家曾光，医学微生物学专家、香港科学院创院院士袁国勇，以及北京协和医院内科重症医学科主任杜斌。

曾参与抵御“非典”的传染病“天团”此番再聚首，必有“大战”。

事实上，他们此次临危受命，由国家卫健委紧急召集而来，就是要与前期派驻前方的工作组共同研判疫情形势，为中央提出决策参考建议。

1 月 19 日这天，高级别专家组的行程相当紧张：上午听取湖北省卫健委和武汉市卫健委的汇报后，立刻到武汉市疾病预防控制中心交流，再到武汉市金银潭医院考察。开会到下午 5 点，又登上飞往北京的航班。到达北京，一行人马上赶往国家卫健委开会，回到酒店，次日凌晨2点多才睡下。

尽管只有一天的考察时间，但6名专家组成员都敏锐地察觉到一些“正在燃烧的树木”。

曾光说，病毒一开始只是火苗，慢慢会点燃一棵棵“树”——社区或家庭。如果一个国家能尽早发现那些“正在燃烧的树”，就能很快扑灭它。一旦发展成连片的山火，哪怕拥有最好的公共卫生管理系统的国家也会束手无策。

在武汉疫情暴发之初，武汉确诊病例数一度在3天之内从300例增加到600例。如果对比其他国家此后的新发病例，这个数字其实并不算很惊人，但家庭聚集性发病、社区传播等“树木在燃烧”的信号，引起了专家们的高度警觉。

近在咫尺的病毒“冰山”已经显露出狰狞的棱角：如果不采取断然措施，一场惨烈的“撞击”将无可避免。

“因此我们喊出来，武汉人不要出去，外地人不要进来。”曾光回忆，另一条集体建议是把新冠肺炎纳入法定传染病乙类传染病，实行甲类传染病管理，也就是“乙类甲管”。

“如果不按甲类传染病管理，是不可以干预、隔离病人和密切接触者的。”说出这番话的李兰娟院士于“非典”时曾在浙江立下赫赫战功。当时，浙江省按照甲类传染病管理，曾一晚上隔离了1000多名密切接触者。后来，该省创下了整个“非典”时期医务人员零感染、零“二代病人”的战绩。

在这之后的两天，注定令所有经历此次疫情的人印象深刻。

1 月 19 日晚上，高级别专家组带着在武汉了解到的情况返回北京。国家卫健委在连夜听取专家建议后，第二天就报请国务院批复将新冠肺炎纳入《中华人民共和国传染病防治法》规定的乙类传染病，按甲类传染病管理，同时纳入国境卫生检疫传染病管理。这意味着，各地、各部门和各级各类医疗卫生机构可以依法采取病人隔离治疗、密切接触者隔离医学观察等防控措施。

1 月 20 日一早，高级别专家组成员走进中南海，直接向党和国家决策层汇报了对疫情的研判意见。

当天的国务院常务会议也专门加设疫情防控部署一项议程。李克强总理主持会议，并首先传达了习近平总书记的重要批示：要把人民群众生命安全和身体健康放在第一位，坚决遏制疫情蔓延势头。

钟南山、李兰娟应邀列席。会上，李克强总理在听取国家卫健委主任和湖北省省长汇报疫情的最新进展后，点名让两位院士发言，听完后又多次询问情况，让他们就疫情防控与救治等提出具体建议。

“感谢两位专家提供的专业咨询意见，这对我们下一步如何科学决策非常重要。”李克强总理说。

“到底有没有人传人”“春运怎么办”“有没有超级传播者”……

1月20日下午，高级别专家组在北京召开新闻发布会。面对记者们一连串的提问，钟南山面色凝重，明确向公众传达“确定人传人”的结论。随后，在很短时间内，全国舆论被引爆。

也就在这一天，习近平总书记对新型冠状病毒感染的肺炎疫情作出重要指示，强调要把人民群众生命安全和身体健康放在第一位，坚决遏制疫情蔓延势头。

这是在抗击新冠肺炎疫情关键时刻的重要部署。在以习近平同志为核心的党中央坚强领导下，亿万中国人民众志成城、团结奋战，凝聚成齐心战“疫”的硬核力量，一场防控新型冠状病毒疫情的人民战争、总体战、阻击战已经打响。

处在风暴中心的湖北和武汉，开始进入“战时”状态——

1月22日，湖北省启动重大突发公共卫生事件Ⅱ级应急响应，两天后升级为Ⅰ级响应。

1月23日凌晨，武汉市新型冠状病毒感染的肺炎疫情防控指挥部发布1号通告：10时起，武汉关闭所有离汉通道。湖北省对人员外流实施全面严格管控。

在中国人最重视的除夕前夜，采取“封城”这一史无前例的决断，需要巨大的政治勇气和责任担当。

全球对武汉“封城”高度关注。路透社、《泰晤士报》认为，关闭离汉通道是现代医学史上的首次尝试。但也有媒体援引专家观点认为，没有证据表明“封城”的有效性。

所谓的好与坏、有效或无效，最终都要靠事实说话。而疫情此后的发展走向，也证明这一举措是扭转乾坤的关键一步。

从果断采取大规模隔离措施到 3 月 20 日本土病例阶段性消失，中国累计报告确诊病例的数量从 800 余例增长到 8 万余例，用时 57 天，而在此后则不断趋于平缓，硬生生在短短两个多月内拖慢了疫情蔓延的脚步！

遗憾的是，全世界新冠肺炎确诊病例突破第一个 10 万用了 67 天，第二个 10 万用了 11 天，第三个 10 万用了 4 天，第四个 10 万用了 2 天……第六个 10 万仅用了 1 天。

“传染病防控就像打仗，不管你的装备多么精良，预警系统多么先进，没有实战经验，你就很难决定什么时候打出第一枪。”曾光分析说，“非典”给中国这一批传染病专家的经验是可贵的，其后对甲流、禽流感、中东呼吸综合征的应对一再强化了这些经验，这也是其他国家很难采取如此果断措施的原因之一。

专家指出，2020 年春运原本预计达到 30 亿人次。这场“人类史上的最大迁徙”，将会以 4 小时 1000 公里的高铁速度，将病毒带往覆盖 10 多亿人口和 90% 经济总量的中国土地。

封一座城，护一国人——这就是中国在新冠肺炎防控阻击战之初的关键抉择。

从 1 月 23 日起的 6 天之内，全国 30 个省份先后依法启动重大突发公共卫生事件Ⅰ级响应。

1 月 25 日农历正月初一，中共中央政治局常务委员会史无前例召开会议，以习近平同志为核心的党中央决定成立中央应对疫情工作领导小组，向湖北等疫情严重地区派出中央指导组，全面加强对疫情防控工作的集中统一领导。

病毒汹涌来袭之际，“中国巨轮”劈波斩浪，激发起蕴藏于亿万人民中的澎湃力量，全力迎战新冠病毒。

此时，60 万米高空的卫星图像数据记录下这非同寻常的一幕：

根据地表温度数据以及二氧化氮（NO_2）浓度数据，在疫情最严重的 1 月底至 2 月中旬，整个中国的经济活动基本陷入停摆状态：繁华的“大湾区”经济活动水平仅为疫情前的 27.6%，广阔的中部地区二氧化氮值显著下降，中国夜间灯光数据慢慢变“暗”……

不仅是武汉，整个中国——2019 年国内生产总值（GDP）近百万亿元的世界第二大经济体，骤然按下了“暂停键”。

武汉市金银潭医院

▶ 封城后的武汉大道空空荡荡

第二章
CHAPTER 2

“王冠”病毒：新冠肺炎的病程像一条抛物线

在中国科学院上海巴斯德研究所电子显微镜镜头下，这种病毒颗粒呈现出球形或中等多边形，外围边界清晰，被脂质膜包裹，一些“尖峰”围绕在包膜周围，看起来如同“王冠”的尖角，这正是冠状病毒得名的原因。

新型冠状病毒，英文名 COVID-19，究竟是“何方神圣”？为何人类的脚步都已能到达太空，却依然对这种微小的非细胞生命形态束手无策？

其实，这并不是人类第一次与冠状病毒交手。冠状病毒，是一个会感染人、带来呼吸道传染病的“家族”，新型冠状病毒是这一“家族”的第 7 个“成员”。在此前的 6 个“成员”中，人们熟悉的 SARS 、MERS 对人类的致病性比较强，而另外 4 个比季节性流感还弱。

在中国科学院上海巴斯德研究所电子显微镜镜头下，这种病毒颗粒呈现出球形或中等多边形，外围边界清晰，被脂质膜包裹，一些“尖峰”围绕在包膜周围，看起来如同王冠的尖角，这正是冠状病毒的得名所在。

这些肉眼不可见的“尖峰”和冰山上的棱角一样危险。它又叫冠状病毒突刺蛋白（S 蛋白），是病毒进攻人体的先锋。它会利用人体肺上皮细胞表面一种受体——血管紧张素转化酶 2（ACE2）的结合酶，混入我们人体的细胞内部，然后释放自己的病毒基因组，利用细胞内的原料进行繁殖，合成更多新病毒。最终，人体内的细胞不堪重负而亡，但病毒创造的数以万计的子代病毒又开始了新一轮感染和复制，令大多数细胞成为病毒复制的“代工厂”。

在这个过程中，由于人体免疫系统的存在，“入侵者”会遭到免疫系统的全力反击。但就像“矛与盾”的故事一样，病毒与免疫系统各有输赢。对于有的人来说，新冠病毒来势汹汹，使得免疫系统释放出过多免疫细胞，这些免疫细胞浸润肺部并产生了大量细胞因子，造成大量组织液渗出、肺泡被堵塞，这就是危险的炎症因子风暴。由于肺细胞无法正常与毛细血管进行氧气交换，病人血氧饱和度会迅速下降，危及生命。

这个“病毒入侵”的凶险过程，就像是自然界为人类与病毒预设好的战争剧本，是任何编剧大师都难以想象的复杂过程。

的确，生命科学本身就是一部博大精深而艰涩难懂的洪荒巨著，而病毒则在其中扮演着不容忽视的角色。

病毒，常被人描述为“处于生命边缘的生物体”。从某种意义上来说，病毒才是这个地球上最古老的主人之一，而人类只能算得上是后来者，而远非统治者。在关于地球生命起源的争论中，有一种就是“生命起源于病毒”，这一观点的论据是，病毒在形式上是最简单的前细胞生命类型。

早在距今2亿年前的侏罗纪早期，一根病变的恐龙肋骨化石就显示出病毒的威力——一个长约 5.4 厘米、宽约 2 厘米的孔洞，曾令一只禄丰龙痛苦不堪，濒临死亡。我们的基因、远古人类化石，同样记录着病毒与人类同行的历史。

病毒的最大特征之一，就是没有细胞结构，不能独立生存，必须寄生在活细胞中完成生命周期。科学家相信，数百万年以来，人类、动物和病毒一直共同存在、共同演化。在彼此的协同进化中，超过 10 万种远古病毒 DNA 安静地躺在我们的基因中。在我们的环境中，病毒无处不在，人类、动物、植物甚至细菌都可以是它的“宿主”。

在 2012 年出版的小说《花冠病毒》里，作者毕淑敏描写了一种“花冠病毒”如何对人类造成恐怖的伤害。她在一次访谈中说，她在梦中无数次看到病毒，真切而触目惊心，仿佛能摸到它们“卷曲的边缘和邪恶的颗粒”。

但在科普作者的笔下，病毒就和这个世界上的任何造物一样，同时蕴含着创造和毁灭的能力。比如，在《病毒星球》里，美国著名科普作家卡尔·齐默就认为，地球上生命的基因多样性，很大一部分即蕴藏在病毒之中。

病毒有好坏之分吗？我们知道，病毒完全依赖宿主细胞进行繁殖的特征，决定了病毒与人类的“共生”关系。一方面，宿主的免疫系统会全面反击病毒的侵害；另一方面，病毒也会发生变异，降低毒性并增强感染能力，避免与宿主同归于尽。这也是为什么致死率高的病毒往往传播能力没那么强。

当然，这并不意味着每一次都会按照预设好的上演。致命病毒有时会像从“潘多拉魔盒”里突然冒出来一样，重创人类。但客观地说，如果我们回溯这些致命病毒的出现，如艾滋病病毒、埃博拉病毒等，会发现人类行为难辞其咎。正是拥挤的城市、高密度的畜牧业、猖獗的野生动物贸易等人类行为的改变，将本不为人知的动物病毒变成了人类的生存威胁。世界就是由这些复杂的线索交织而成，它们相辅相成，利害难言。

带着科学的眼光，我们就不会妖魔化任何一种病毒。在此次疫情防控过程中，我们会发现，围绕着新冠病毒的来源、传染性、致死率等问题的争论，裹挟着太多非理性情绪。

而事实是，从头了解一种新病毒需要时间和运气，即使它跟 SARS 同属一个“家族”也不例外。因为冠状病毒拥有 3 万多个 RNA 核酸碱基，任何一处微小的差别都意味着截然不同的结论。至于贸然把病毒来源“甩锅”给一个国家，更是显而易见的无知。

正如世界著名的“病毒猎手”彼得·达萨克在回答美国有线电视新闻网记者的提问时所说：“中国以非常非常快的速度与世界分享了新冠病毒的全基因序列，速度之快真的是前所未有。”当被问及新冠病毒是否源自武汉的一个实验室时，他直言不讳地指出：

“这个问题本身就是错误的。”

现在，让我们把视线转回到新冠病毒本身。它是一种单链RNA病毒，高突变率是其主要特征。相对于人类用DNA作为遗传物质，花了800万年才进化了1%，RNA基因组复制时的保真性相对较差，因此许多动物的RNA病毒可以在几天内进化超过1%。这就是新冠病毒如此狡猾、难以捉摸的原因。

大敌当前，全世界的科学家都希望尽早查明病毒的源头和中间宿主，但这注定是一场迷雾中的艰难跋涉。科学家发现，新冠病毒与SARS病毒只有70%的相似性，与不同种类蝙蝠中分离的类SARS病毒相似性更高一点，能达到80%到96%。这说明蝙蝠可能是新冠病毒的原始宿主，但很难直接传染给人类。

说起蝙蝠，近年来暴发的一些最严重的病毒性疾病，如埃博拉病毒、马尔堡病毒（Marburg Virus）都与蝙蝠相关，这并非巧合，但“污名化”蝙蝠是完全不必要的。

远比人类的演化历史长得多的蝙蝠，演化出了“百毒不侵”的免疫系统，成为一个独特的快速繁殖和高度传播的“病毒库”。换言之，蝙蝠具有强大的抗病毒系统，它可以平衡体内的炎症反应，但是人类不行。试图消灭蝙蝠的人并不理解，破坏它们的栖息地只会加剧其唾液、尿液和粪便对人类环境的污染。如果网上那些吃蝙蝠的图片是真的，那可谓现代版的“潘多拉魔盒”的故事。

不幸的是，在研究敌情过程中，我们缺少破案的关键一环——中间宿主。病原之所以会发生跨越物种的传播，离不开病毒在中间宿主的体内发生适应性变异。这种改变能让病毒拿到进入人体细胞大门的“钥匙”。而如果人与中间宿主动物在此时有过亲密接触，就可能会感染病毒。在这种跨越物种界限的病毒传播过程中，由于人体缺少对病毒的免疫力，往往会造成十分严重的疾病流行。

流行病学的信息表明，来自蝙蝠的病毒可能感染了某种尚未确认的动物物种，并发生了致命变异。这种动物在人类活动的场所出没，从而把病毒传染给人类。

2020 年 2 月 7 日，华南农业大学宣布在穿山甲样本中找到相似度在 99% 的冠状病毒。由于相关冠状病毒数据还未公开，尽管已查明的碱基序列与新冠病毒有 99% 相似性，要得出穿山甲就是新冠病毒的中间宿主的结论还为时过早。

随着全球范围内新冠病毒的流行期变长，它的威胁也在升级。据国家卫健委新冠肺炎疫情应对处置工作专家组组长梁万年介绍，它对各年龄段的人群都易感，以发热、干咳、乏力为主要表现症状，传播途径以高效率的飞沫和密切接触传播为主，也存在气溶胶传播、粪—口传播的可能。新冠肺炎轻症、重症和危重症患者的比例约为 80%、13% 和 6%，还有一些无症状感染者。从中国感染者病亡情况来看，全国病死率是 3%~4%。除湖北省外，其他省份的病死率在 0.7% 左右①。

虽然我们已经对新冠病毒的感染机制、传播机制、临床表现和致死率有了一定的了解，但面对这样一种狡猾的病毒，防控难，依然是中国公共卫生专家的普遍感受。

在 2 月 24 日召开的中国——世界卫生组织新型冠状病毒肺炎联合专家考察组新闻发布会上，梁万年与笔者有这样一段对话。

笔者：为什么说这次疫情是感染范围最广、防控难度最大的一次重大突发公共卫生事件?

梁万年：首先，从病原学来看，它和 SARS 不同。目前了解，它的传播力高于 SARS。它有一个指标“基本繁殖率”，也就是自然状态下这种疾病可以传几个人。这次我们考察团借鉴了前段时间有些学者的研究，做了综合分析，大概判断是 2.0~2.5 之间，这是它的传播力，是比较强的。尤其是在一种封闭状态下，它可能更高。

其次，从毒力上看，还有很多东西并不是很清楚。这个病毒

① 2020 年 4 月 17 日上午，武汉市新冠肺炎疫情防控指挥部修订了死亡数据。数据显示，武汉早期新冠肺炎患者死亡率可能高达 10%。

的来源、致病力很多方面都不清晰。从这种疾病来看，它有很大的隐匿性，这是我们这次感受最深的一点。SARS一个很典型的症状就是发烧，几乎所有SARS病人都发烧而且是高烧，用测温计就可以识别出来，识别出来以后可以追踪密切接触者进行管理，这意味着传染源能够很快得到控制。

但这个病，从疾病的全貌来看，有无症状感染者、轻症患者、普通型肺炎患者，也有重症肺炎患者，包括危重症肺炎患者。而无症状感染者、轻症患者、普通肺炎患者的比例，从现在资料来看占比比较大。如果没有及时就医，不论是患者，还是医务工作者，都很难发现，发现不了就难以控制，密切接触者也就无法被发现和管理。这种隐匿性是新冠肺炎和SARS相比非常不同的特点。

再一个，从临床学来看，早期被感染的大部分病人可能只有呼吸道轻微症状，一部分病人有发烧、咳嗽症状，有一些轻微呼吸道症状，进展很缓慢，但是往往很多病人一周以后可能突然出现病情变化，体征和症状并不成比例。这个病对老年人，对一些存在基础疾病的患者，从现有资料来看，似乎它的毒力、致病力更强，表明了它独特的临床特点。

到现在为止，从对易感人群的保护来看，还没有有效的疫苗。所以从控制传染源、切断传播途径、保护易感人群三方面来看，对比新中国成立以来历次新发传染病和重大公共卫生事件，确实是防控难度最大的一种传染性疾病或突发公共卫生事件。

从梁万年的话中，我们大概能够理解新冠病毒为何能轻易击溃我们的身体防线和医疗防线。看起来，新冠肺炎患者的病程就像一条抛物线——起病隐匿，开始没有什么特殊症状，就是低热、咳嗽、乏力，7~10 天之后，病情会突然加重达到一个“峰值”。在没有特效药的情况下，医生所能做的是处理和治疗重症肺炎所导致的一系列器官功能损害问题，保护好器官功能，直到度过最严重的时期，为患者康复赢得机会。

比尔·盖茨在《新英格兰医学杂志》上发表的《新冠肺炎可能成为百年不遇的大流行病》一文中也指出，新冠病毒“开始表现出百年不遇的病原体的迹象”，包括：高于季节性流感好几倍的病亡率，很强的传播力，可通过轻症甚至无症状患者传播的隐匿性。

“即使患者康复，病毒的扩散也可能会持续数天到三周。这是非常令人担忧的。”哥伦比亚大学亚伦·戴蒙德艾滋病研究中心主任、中国工程院外籍院士、美国医学院院士何大一（David Ho）说，该病毒的稳定性也令人担忧。如果病毒以气溶胶的形式存留于空气中，半衰期为数小时。如果将其置于纸板的表面上，则可以存活大约一天。但如果将其置于塑料表面上，尽管感染性会随着时间而降低，仍可以在 72 小时后检测到传染性病毒。

新冠病毒带来的威胁令人想起 1918 年大流感，也就是“西班牙流感”的暴发。由于造成 5000 多万人的死亡，它成为人类历史上夺去人的生命最多的公共卫生事件。一个多世纪以来，它一直是衡量所有其他流行病和新发疾病的基准。也是从那时起，全球范围开始建立国际卫生合作计划，公共卫生进入“现代传染病”时代，流行病学和医学统计学得到前所未有的重视，新型抗生素和疫苗被研制出来，现代医学也取得许多进步，如重症监护治疗、体外膜式氧合（ECMO）、急诊医疗服务等，这些进步在历次瘟疫中挽救了众多生命，是我们得以勇敢面对新冠病毒的信心所在。

在国际交通条件相比今天非常落后的 1918 年，“西班牙流感”绕地球一圈花了 18 个月，但如今，一种病毒在 36 小时之内就可以从一个地方传播到地球上的任何地方。人口数量、城市拥挤程度、人类活动、环境变化，以及人类活动相关的生态系统复杂性不断增大，让过去很难形成的传染病全球大流行成为现实。

“我们遇到了敌人，而敌人正是我们自己。”检疫、隔离、保持社交距离、避免医护人员感染……在世界卫生组织总干事高级顾问布鲁斯·艾尔沃德看来，中国采取了前所未有的“古老方法加现代化科技”措施，产生了更大的效果和产出。

这种“古老的方法”指的就是“围堵策略”，包括国家层面鼓励大众勤洗手、戴口罩、保持社交距离；进行大规模的体温监测；暂停公众集会、呼吁民众减少出行流动等。而大数据、人工智能、物联网、5G 等新科技，则为这些传统防控方法插上“翅膀”，使之更加高效、便民。

一些公共卫生专家认为，新冠病毒与 1918 年大流感有惊人的相似之处，同样通过呼吸道传播，无症状感染者病例同样不明，同样具有高病死率。但在过去的一个多世纪，不管是接种疫苗、使用抗病毒药物，还是在社区层面，都未能完全成功防止流感传播。我们不禁要问：面对新冠病毒这个更狡猾的“敌人”，我们可以做得更好吗？

值得注意的是，尽管现代医学传入较晚，历史悠久的中国却对于“瘟疫”有着深刻的认识。据中央指导组专家组成员、天津中医药大学校长张伯礼说，在中国历史上，大大小小的瘟疫大概有 500 多次，记载比较明确的，比较大规模的也有 300 多次，这是其中一次而已。“尽管新冠肺炎的病程就像一条抛物线，但中医药在两端有比较好的作用，虽然没有特效药，但是中医有有效方案。”尽管中医很难用循证医学的一套来衡量，但后来中国的救治实践贯彻了中西医结合的思想，并体现了它的有效性。

正如诺贝尔奖得主乔舒亚·莱德伯格所说：“这是我们智慧与

病毒基因的较量。”因此，传染病不仅是一个科学和探索的故事，更是一个社会如何与自然强加于人类社会的灾难作斗争的故事。

猝不及防间，人类与传染病的一场新战争，正在一个 14 亿人口的国度率先打响。

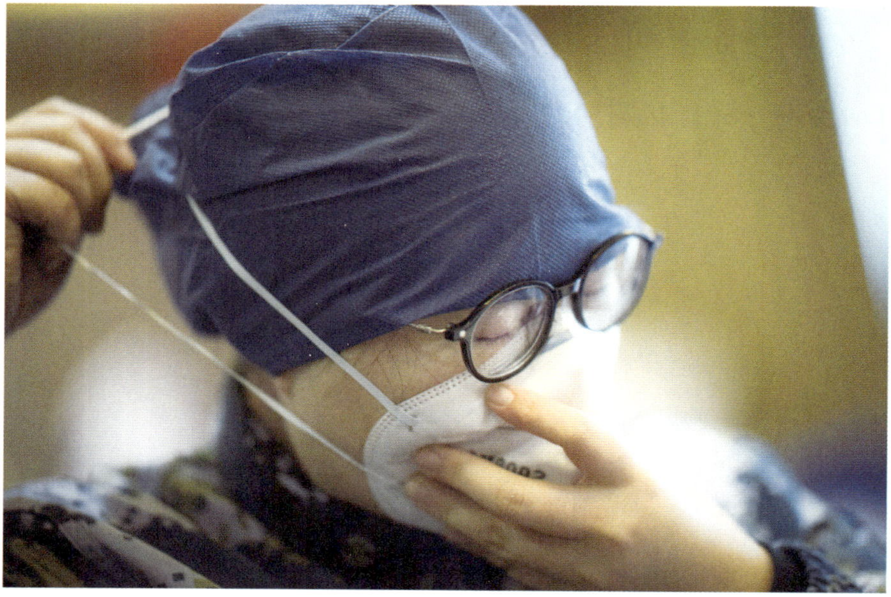

▶2020 年 1 月 27 日，海军军医大学医疗队队员在佩戴口罩。

2020 年 1 月 24 日，从空中看武汉火神山医院建设工地，各种大型机械加紧施工。

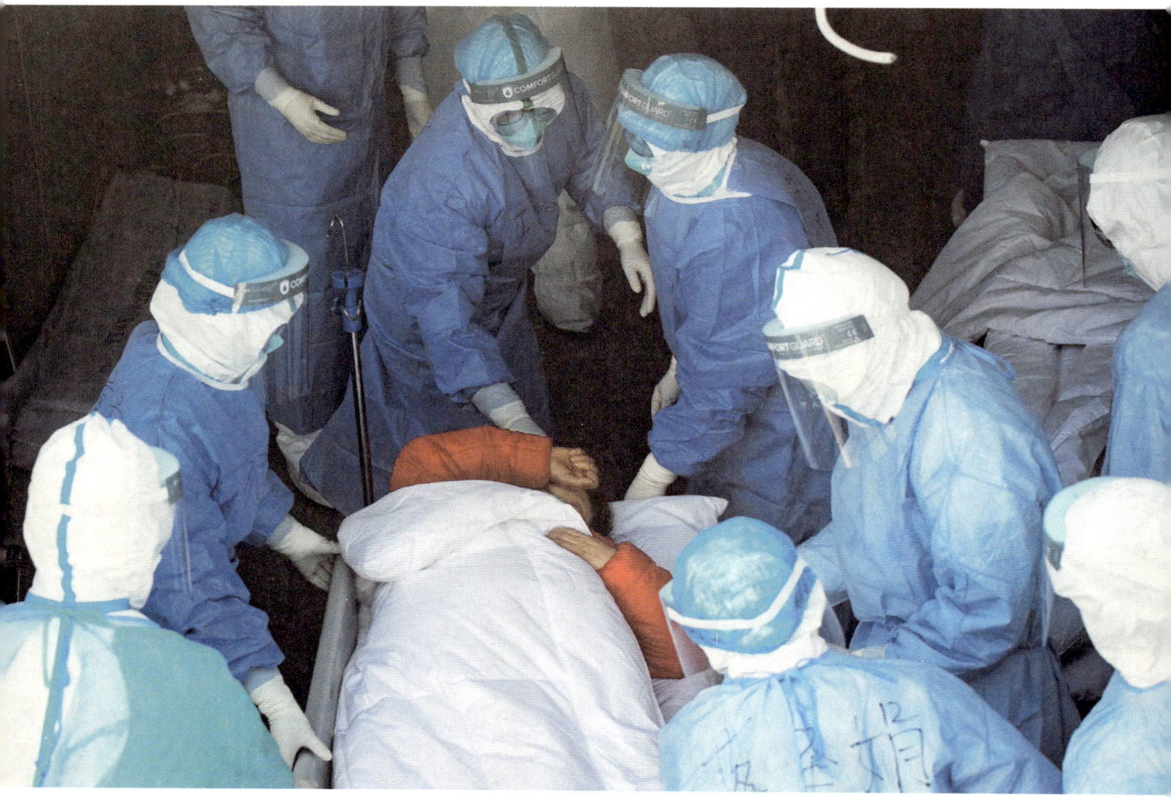

▶ 2020 年 2 月 4 日，医护人员将患者送往病房。当日，武汉火神山医院开始收治新冠肺炎确诊患者。

第三章
CHAPTER 3

凡人英雄：不过是普通人，披上了战袍

在疫情暴发之初，一边是感染人数不断增多的困境，一边是紧缺的定点医院床位，在遏制疫情蔓延的两端，收和治的问题令无数人彻夜难眠。

2020 年 1 月 24 日，武汉市新冠肺炎防控指挥部决定，为加强对新冠肺炎患者的救治，武汉将参照北京小汤山医院模式建设面积达 2.5 万平方米的专门医院，并于 2 月 3 日前建成投入使用。

“10 天建座医院，这怎么可能完成？”这是众多参加医院设计、施工的人员接到任务指令时的第一反应。

2020 年 1 月 23 日上午，“封城”进行时。

一位身在武汉的网友记录说：“楚河汉街一直是武汉旅游必去的一条商业街。这里像北京的三里屯、成都的太古里、南京的夫子庙、上海的南京路，繁华、复古、新潮。封城后的第一天，商家关门，空无一人。大街上最多的仍是在送外卖的快递员，戴着口罩，骑着车，看着手机看着路……”

这是这座城市最安静也最汹涌的一天。在互联网上，“武汉”一跃成为热度最高的词语，大量滚动的信息不断刷新着这座城市的进行时，也刷新着中国抗疫的进行时。

此时此刻，当一种未知的疾病以确定的姿态降临，恐慌和焦灼就如飞溅的雪花，率先向这一群人袭来。

一位女儿为自己没能及时提醒母亲而自责不已。70 岁的母亲已连日发烧、腹泻，此时女儿才想起，母亲常去的便民菜场距离华南海鲜市场仅有一二公里远。

有的人坐卧难安。一位 40 多岁的白领一周前被确诊为普通流感，但由于发低烧，单位不让去上班，自己在家又怕传染家人，四处求做核酸检测。

这正是大流行病的另一个特性——它把人们直接拉到一个平面上，在这上面漂浮的只有最单纯的对死亡的心理恐惧。这正是为何大疫常常伴随着大乱。即使在我们称为文明、发达的现代社会，依然不能逃过这种刻在基因里的人性。这种恐惧往往会造成一些次生灾害，而医疗资源被“挤兑”就是其中之一。

雪上加霜的是，冬季本来就是流感多发的季节。2020 年 1 月 23 日前后，武汉采取不断增加收治医院、增加床位等措施，但依然无法缓解确诊难、治疗难的困境，传染病防控的“四早”原则——早发现、早报告、早隔离、早治疗，事实上在当时的武汉难以落实。

建院 120 年的华中科技大学同济医学院附属同济医院，是国内顶尖医院之一，但在救治新冠肺炎患者过程中依然感到吃力：发热门诊 24 小时无休，挂号人数从日均四五十人陡增至上千人；医护人员全部二级防护接诊，但在疲劳作战下，急诊科医生还是出现发烧和肺部感染等症状；病人数量超出收治能力，大量病人在等待中由轻症转重症……

1 月 23 日晚，武汉市红十字会医院一开诊就涌进 2000 多人，将医院挤得水泄不通，医院不得已在外面搭起帐篷接诊发热病人。

最高峰时，武汉发热门诊日接诊量超过 1.4 万人次，而 1 月武汉全市能够收治重症患者的床位仅有 1000 张左右。

尽管武汉市卫健委已让全市 61 家医院开辟专门的发热门诊，但很快这些新开辟的床位就不够用了。一天之内，专门腾退出来收治发热病人的 2000 张床位已满。1 月 22 日，武汉又进一步采取“7+7”模式收治病人，即将 7 家中型医院全部腾出来，改为专门收治新冠肺炎患者的医院，同时将床位增加到 3000 张，并由 7 家大型综合性医院托管，以增加治疗力量，但这依然无法阻止医疗资源如多米诺骨牌般一一被击穿。

另一个严峻的情况是，没有人知道这些出现感冒症状的人到底因何发病。

在 1 月 16 日之前，湖北省没有病毒检测试剂盒，需要将患者检测样本送到指定的检测机构进行病毒分离和核酸检测，这个流程下来就需要 3 天至 5 天时间。这意味着，大量行走的“传染源”可能就隐匿在人群中，感染人数恐将呈现指数级暴涨。

当时的危急形势，从中国疾控中心专家一份公开发表的论文中可以得到印证。在《中华流行病学杂志》2 月 17 日刊发的《新型冠状病毒肺炎流行病学特征分析》中，中国疾控中心专家组分析了截至 2 月 11 日中国内地传染病报告信息系统中上报的 72314 例新冠肺炎病例，发现从 1 月 10 日开始，病例数量陡然上升，而 1 月 11 日至 20 日暴增 5417 例，其中主要是武汉的病例。

在这种情势下，武汉无可避免地走到了疫情的“至暗时刻”！

各种求助信息在除夕刷屏，因为这场疫情积累的压力达到顶峰：有医护人员在值班室崩溃哭诉，发热病人在寒夜排长队等待确诊，“一床难求”成为令人揪心的关键词……

防护物资也全线告急。恐慌令民众对口罩、洗手液、消毒用品等防护用品的需求量大幅增加，远超现有的库存量。而像护目镜、N95 口罩、医用外科口罩、防护服、手术衣等高等级防护装备，日常储备量有限，加上春节假期有关工厂均已停工停产，物流也已停运，许多医生不得不把防护装备“省着用”“过期用”，或者自制装备，甚至有医院的医护人员已到“裸奔”面对病毒的边缘。

武汉大学一位教授详细分析了从 1 月初到 2 月初微信朋友圈的变化。他发现，1 月 23 日是人们心理的一个转折点，人们似乎希望通过小小屏幕释放焦虑和无助。

北京大学心理咨询与治疗中心主任方新说，人们在面对疫情、“封城”这样的急性压力源时，恐惧、焦虑、难以置信是常见的应激反应。

病毒固然可怕，但比病毒更可怕的是谣言和恐慌。正如彼时世界卫生组织总干事谭德塞所呼吁的那样：“这是一个需要事实而不是恐惧的时刻，是需要科学而不是谣言的时刻，是需要团结而不是羞辱的时刻。”遗憾的是，这句话中所提及的“谣言”与“羞辱”却在新冠肺炎肆虐全球的大背景下不停地重复上演。

生死大考，更是人性的大考！

幸运的是，正如基辛格在《论中国》里写道的：“中国总是被他们最勇敢的人保护得很好。”

至暗时刻，无数平凡人挺身而出，星火之光点亮人间大爱。

“肺科医院！”“第十人民医院！”“华山医院！”……从除夕开始，上海、广州等多地机场的候机大厅内，相继回荡起这样特殊的“点兵”声。

解放军医疗队多箭齐发，来自浙江、上海、江苏、广东、陕西、北京等地的多支医疗队紧急驰援，19 个省份对口支援湖北省……此次医疗救援的调动规模和速度超出以往。

疫情就是命令，党旗高高飘扬在抗疫一线——

“一线岗位全部换上党员，没有讨价还价！”上海市医疗救治专家组组长、复旦大学附属华山医院感染科主任张文宏的一番话，显示了共产党员的担当。

“我报名！”北京大学人民医院各个党支部微信群里，报名请战的人员名单已经接起了长龙。在前线成立的临时党支部里，多名年轻的医务人员在战“疫”火线递交了入党申请书。

在这场没有硝烟的战役中，时间开始以秒来计算——

2020 年元旦当天，武汉市武东医院参加上级紧急会议后立即成立应急指挥小组、专家小组，开展预检分诊，启动发热门诊，开设隔离病房。

从1月25日农历大年初一开始，华中科技大学同济医学院附属同济医院就将两个院区全部改造成隔离病房，开辟了2000多张床位。“没有政府命令，我们只是意识到这个状况，主动要承担上战场的责任！”院长王伟说。

一双双布满裂口的手，一张张口罩勒出伤痕的脸庞，一件件汗水浸湿的衣服……他们拼尽全力，只为患者争取多一点点的可能。

1月29日，阳光洒在武汉归元寺黛色的檐角，朱红的寺门紧锁。

大年初五，是中国人烧香拜财神的吉日。往年今日，纷至沓来的祈福人群让这里香火缭绕，成为武汉新年的盛景之一。

如今，一切落入寂静。

“封城”七日，武汉按下“暂停键”。

然而，生活仍在继续，与病毒的较量刻不容缓。

1月29日22时，武汉市金银潭医院。

“快些，要抓紧，病人的事一刻都等不得，越快越好！”

不到1小时，一瘸一拐的金银潭医院院长张定宇一连接了8个来电，只因这里收治的全部为确诊新冠肺炎危重症患者，须臾不可耽搁。

截至 2020 年 1 月 29 日，武汉市新冠肺炎确诊病例已达 2261 例。而张定宇的妻子程琳也不幸感染新冠肺炎，正在武汉市第四医院住院治疗。

顾不上照料被感染的妻子，张定宇夜以继日地守在医院，与病毒赛跑。

在他的身后，自 2019 年 12 月 29 日转入首批 7 名新冠肺炎患者以来，金银潭医院的众多医护人员已在烽火线上连续奋战了一个月。

而就在这场战役中，张定宇的同事们才知道，他在 2018 年已被诊断罹患罕见病渐冻症。

早在 2017 年，张定宇开始感觉自己的双腿出现问题，经过一系列检查，最终在 2018 年 10 月被确诊患上了运动神经元病，也就是人们常说的“渐冻症”。这种罕见病目前无药可救，通常会因为肌肉萎缩而逐渐失去行动能力，就像被慢慢冻住一样，最后呼吸衰竭而失去生命。

对于张定宇的病情，武汉市金银潭医院党委书记王先广从一开始就知道，但他一直替张定宇保守着这个秘密。

“他希望我不要跟外面说，怕影响医护人员的工作和情绪，我想我应该尊重他个人的意愿，所以没有向上级报告。领导和同事们问起来，我一直帮他打掩护，因为我了解他也心疼他，担心大家过多的关注会影响到他的意志和情绪。”

直到2020年除夕那天，在大家的追问下，张定宇才公开了病情。

原来，当天上海和北京的医疗队来到武汉市金银潭医院，医疗队里有很多张定宇敬重的专家，但他因为下楼梯特别困难而不能相送，感到心里忐忑，迫不得已，才将实情托出。

另外，张定宇选择在这时候公开病情，也是想激励同事们的士气：“从接诊首批新冠肺炎患者开始，战斗就打响了，我的同事们在抗击疫情的过程中一直在突破极限，我想告诉他们，只要能够把重担扛下来，往极限去伸展，我们还是能够做到一些事情的。”

没时间歇息，更没有时间嗟叹命运的不公，张定宇率领全院240名党员冲锋在前。在流行病学调查中，他率先采集支气管肺泡灌洗液样本送检，为确定病原赢得先机；增设病区时，他两天两夜没合眼，为援助医疗队接管创造条件……

然而，此时大家并不知道，张定宇一直在做PICC（经外周静脉置入中心静脉导管）治疗。

作为一名护士，妻子程琳深知治疗带来的痛苦：“手臂上穿刺置管，管的尖端直接到达上腔静脉，那根管插在身上是非常不舒服的，肯定会影响到人的生活质量。但这么长时间，我根本想不到他手臂里会有一根管。现在回头想，真的不容易，连他发脾气我觉得都是一种奢侈，他还有力气发脾气……”

然而，张定宇却并没有在人前表现出自己脆弱的一面。“现在，我的双腿已经开始萎缩，全身慢慢都会失去知觉。我必须跑得更快，才能跑赢时间，把重要的事情做完；我必须跑得更快，才能从病毒手里抢回更多的病人。”张定宇坚定地说。

王先广的一句话，道出了张定宇的医者初心：“我和张定宇都是医生，比常人更加了解渐冻症的后果和危险性，但张定宇真的是面对生死而不变色，他经常跟我说，人总是要有点追求，总是要做一点为人民的事情，我就剩几年了，能做一点你就让我做一点，不要拦着我。他说希望能够在有生之年多干一些。”

在人们看到张定宇身影的时候，有多少人会想到，他本身也是一位与病魔缠斗的病人啊！

然而，当他披上战袍、冲锋在“火线”，他就成了数万名武汉一线医务人员当中与死神赛跑的一员！

生死一线间，能提前 1 分钟，就能多几分生还的可能，就能多接诊几位等待的患者。

然而在救治之初，由于新冠肺炎患者病情凶险，一开始病情控制得并不乐观，不断有危重症患者在 ICU（Intensive Care Unit,

重症加强护理病房）离世。

“前期，病毒把大家打得有点蒙了，毛玻璃样的‘大白肺’到底是什么？一部分也是由于缺少遗传病理学解剖的依据。”华中科技大学法医学教授刘良说。

国家新冠肺炎危重症临床救治专家组成员钟鸣回忆起当时情形，眼含热泪：“我们不能放弃，只有一个个坚持下去，救治水平才能上去。”

他们永不言弃，他们越挫越勇。

参与救治的医疗队构成包括呼吸科、感染科、重症科等多学科医生和护士，以及西医、中医的力量，几乎涵盖国家医疗领域所有的优势资源和力量。他们 24 小时轮班值守，同时间赛跑，与病魔较量，为生命接力。

“我不知道你是谁，但我知道你为了谁。”从隔离服到防护服，从手套到口罩，从护目镜到纸尿裤……这身行头穿脱不易，全副武装后的医护人员先是大汗淋漓，后又在忙碌中用体温把汗水蒸干，数不清有多少次。

他们累到虚脱，他们无怨无悔。

“脚是飘的”“走不动路”“肚子饿得疼”“严重缺氧”……一天天超负荷地工作，很多医护人员累得几乎虚脱，然而摘下口罩之后，他们露出的仍是勒痕之下坚毅的笑容。

网友纷纷留言："你们是人间的天使，请好好保重自己！""这些痕迹是时代的印记，一定会见证着我们共同取得最后的胜利！"

他们挑战极限，他们精益求精。

2020 年 1 月 16 日，中国完成了聚合酶链式反应（PCR）诊断试剂优化。这就是人们所熟知的核酸检测，它是有效防控疫情的关键技术支撑。

简单地说，核酸检测的原理就是以荧光信号标记新冠病毒特有的基因序列。荧光信号越强，表明样本中的病毒核酸越多。

按照防控要求，从接收咽拭子样品到得出核酸检测结果，疾控工作人员须在 24 小时内完成样本检测工作。为了尽早让医院获知结果，以便及时救治患者，检测人员凭借扎实的基本功和周密的配合，将检测时间往极限压缩。

从疫情暴发至今，连续工作 100 余天，累计检测样本 13000 余份——在陕西西安，西安市疾病预防控制中心病毒病检验科的工作人员陈海龙和他的同事们在新冠病毒检测一线这样默默坚守着。

"检测病毒犹如走钢丝，操作不慎就会有被感染的风险。"陈海龙说，尤其是核酸提取环节，痰标本要进行消化、震荡和高速离心，处理过程中可能会产生大量气溶胶。

身着三级防护服，头戴正压头套，身上还背着沉重的正压呼吸器动力装置，全副武装的检测人员需要在不同的实验室来回穿梭，进行试剂准备、样本处理等操作。

每完成一批实验至少需要 6 个小时，这期间检测人员不能进食，不能喝水，不能上厕所，出来时已是疲惫不堪，大汗淋漓。陈海龙却早已习以为常："样本检测就是与时间赛跑，早一分钟找到阳性感染者，就可能尽早减少传播。"

在抗击疫情的各条战线上，许许多多像陈海龙这样平凡的人，在抗疫一线各自的岗位上，书写着不平凡的抗疫故事。

在疫情暴发之初，一边是感染人数不断增多的困境，一边是紧缺的定点医院床位，在遏制疫情蔓延的两端，收和治的问题令无数人彻夜难眠。

1 月 24 日，武汉市新冠肺炎防控指挥部决定，为加强对新冠肺炎患者的救治，武汉将参照北京小汤山医院模式建设面积达 2.5 万平方米的专门医院，并于 2 月 3 日前建成投入使用。

"10 天建座医院，这怎么可能完成？"这是众多参加医院设计、施工的人员接到任务指令时的第一反应。

中建三局三公司项目经理方翔从事土木建筑行业多年。他说："按照常规流程，3 万多平方米建筑量的项目，至少要两年。紧急状态搭建临时性建筑都需要 1 个月，更何况是新建一座传染病医院？"

然而，疫情不等人。与死神竞速，情势紧迫，间不容发。在此危急形势下，各方面迅速动员，进入战时状态。

告别家人，日夜兼程。河南省太康县兰子陈村5名90后小伙自发组团赶赴武汉；湖北红安向家一门五兄弟自驾赶来；多地父子、夫妻齐上阵……一夜之间，昔日荒凉的空地成为如火如荼的工地。

运输车司机吕俊和同事们的年夜饭是一盒盒饭，他今年的“守岁”就是从凌晨3点后开车运土，累了，就在车上眯一会儿。

作为家中独子，吕俊第一次不在家里过年，“不忍心让父母在家中独守除夕，但建设火神山医院太重要了”。

从选址、设计到施工，有关部门紧急会商，施工单位立下“军令状”，建设现场场景被网络“云直播”，数千万网民在屏幕前当起了“监工”。

“这不是一场单纯的工地直播，而是抗击疫情的希望，大家都希望能够快点、更快点。”网友的心声，就是武汉三镇万家灯火的期盼。

终于，2020年2月2日这天，这座被命名为“火神山”的医院，正式落成。

总建筑面积超过3万平方米，架设箱式板房近2000间，接诊区、病房楼、ICU病房俱全……这个建筑面积相当于北京半个

“水立方”的“战地医院”，从开始设计到建成完工，历时10天，被很多国外网友评价为“不可能完成的任务”“不可思议的奇迹”。

“切断‘行动的传染源’，迅速把确诊轻症病人收治起来，才是治本之策。”2月1日受命到达武汉后，中国工程院副院长、中国医学科学院院长王辰调研后，提出建立大空间、多床位“方舱医院”的建议。

建议被决策层迅速采纳，武汉市连夜开工。

29小时！首批3家“方舱医院”建成。之后，13家“方舱医院”相继启用；定点医院从35家增加到86家；530个宾馆、培训中心和疗养机构被改造为隔离点，一个由定点医院、“方舱医院”、隔离点梯次布局的应急防治网络建成。

“我一生中从未见过这种动员。”2020年1月31日世界卫生组织总干事谭德塞在日内瓦举行的发布会上说，“也许你正在关注的是中国将在10天之内建成的一家大医院，但这不是他们正在采取的措施的唯一目标，我相信这些措施将扭转（疫情）趋势。”

2月16日，武汉大雪初霁，火神山医院医务人员忙碌而有序。

“谢谢！没想到你们这样有心！”在火神山医院感染一科一病区，病床上的钱大哥和曾大爷为护理组的暖心之举连声称谢。

一大早，护理组组长张凤带着护士们走进病房，给21床钱大哥、22床曾大爷庆祝生日。病床相邻的他们俩，正好是同一天生日。

这是一个不同寻常的生日会——时间是疫情阴霾笼罩的春天，地点是重症患者病房，没有鲜花，没有蛋糕，没有蜡烛，大家一起唱起了生日歌。

隔离疫情，不隔真情。“已取消休假，随时待命！”“我报名！”……从一封封请战书到一篇篇“战地日记”，字里行间流露的是同一份护佑生命的医者仁心、同一份并肩战斗的人间大爱。

在这个没有硝烟的战场上，我们看到的是送别现场深情拥抱后勇往直前的身影，是相隔千里两代医务人员的战地传书，是摘下口罩之后让人泪目的一条条勒痕，是眼里流露着疲惫却依然在一线并肩奋战的战友……

在这个生死相搏的战疫前线，为不影响工作，一些医护人员穿上了尿不湿；为节省防护服，很多人由 4 小时一班改为 6 小时一班……白衣为战袍，他们就是最美逆行者，是新时代最可爱的人！

“疫情防控是没有硝烟的战场，也是检验医护人员初心使命的考场。”国家卫健委主任马晓伟表示，人民利益高于一切，情况越是危急，越需要我们发扬不畏艰险的精神。

在朋友圈里，一组“他们睡着了”的照片让很多网友“泪奔”。

在一间间医生休息室里，刚刚从火线上下来的一位位“白衣战士”顾不得摘下护目镜和口罩，累得倒地昏睡。

有网友评论说：“哪有什么从天而降的英雄，不过是普通人披上了战袍。”

▶ 2020 年 1 月 28 日夜，武汉火神山医院建设工地。

2020 年 1 月 28 日，武汉火神山医院建设工地。

▶ 2020 年 2 月 17 日，武汉体育中心“方舱医院”。

第四章
CHAPTER 4

重症救治：与死神抢人的战场

国家医保局医药服务管理司司长熊先军介绍，我国新冠肺炎重症患者人均治疗费用超过15万元，少数危重症患者治疗费用达到几十万元甚至超过百万元，医保均按规定予以报销。

上至108岁的老人，下至出生仅30个小时的婴儿，面对这些湖北重症患者、危重症患者中的特殊群体，“白衣战士”迎难而上、携手攻坚，成功治愈3600余名80岁以上新冠肺炎患者，其中武汉市80岁以上高龄老人救治成功率近70%。

“直到现在，我们对新冠病毒的了解可能还不到一半。”最早抵达、最后坚守武汉的中央赴湖北指导组专家组成员、北京协和医院内科重症医学科主任杜斌道出自己在重症一线的内心感受。

要知道，此时新冠肺炎疫情阻击战已取得阶段性重要效果，其中重症救治人员表现亮眼。武汉重症患者转归为治愈的比例从14%提高到89%，能取得这一成绩殊为不易。

但熟悉杜斌的人都知道，他是一个实事求是、极为纯粹的医生。他坦陈，到目前为止，对于新冠肺炎还没有特效药，某些措施只是可能有效，“像流感、肺炎都100多年了，我们还是闹不明白。凭什么几个月我们就弄明白新冠肺炎了？”

“其实我们作为第一批先行者，该走的弯路一点没少走，对吧？然后我们摸索出来的其实也是一些最初期的经验，对吧？”

他喜欢用反问句强调自己的观点，语速略快，思维极为敏捷。从这位奋战在抗疫最前线的亲历者看似平淡的讲述中，我们还原出一个历时百天、生死一线间的抗疫“ICU战场”。

时间回到2020年1月18日，作为国家卫健委高级别专家组中唯一的重症医学专家，杜斌知道叫自己来，一定是前方有危重症病人，需要 ICU 医生来贡献智慧和经验。当天下午，他拿到了武汉市卫健委医管局送来的 45 份病历，“说实话，仅仅看病历，对这个病只有一些大致的印象，还远远不够”。

在抗疫形势发生重大转折的 1 月 20 日之后，杜斌接到的任务是在第二天参加世界卫生组织的视频会议。这个会议非常重要，世卫组织将在会上决定是否将新冠肺炎列为“国际关注的突发公共卫生事件”。但得知会议要延后一天召开时，杜斌坐不住了。

“我说我不想在这儿待着，我想去武汉，我不喜欢开会。领导同意了。”于是，杜斌在 1 月 21 日重返武汉。

从此，这个“不喜欢开会”的医生就天天专注于看病人、观察病情变化。他先是在武汉市金银潭医院待了 10 多天，然后辗转于不同的医院。巡查次数最多的时候，他一天要巡查 5 家医院的 ICU，最忙的时候，他穿着防护服在 ICU 忙碌了 10 个小时。

那时候，新冠肺炎已然重创了这座城市的 ICU：到处都是呼吸衰竭的重症病人，区别只是严重程度不同而已。这种呼吸道传染病给杜斌的第一印象就是：所有重症患者都表现出不同程度的呼吸困难，“看完以后没有印象深的人，因为病情都很相似”。

杜斌所看到的景象，正是武汉市重症专业医务人员在危急时刻所经历的。

当时，武汉只有 3 家新冠肺炎重症患者定点医院，分别是武汉市金银潭医院、武汉市肺科医院、武汉大学中南医院，床位一共只有 110 多张。大量重症患者分散在 20 多家医疗机构，很大一部分由非重症医学科的团队进行救治。当地 ICU 医护人员连续作战下，已经接近情绪和身体的极限。

在武汉市肺科医院，从元旦以来，ICU 主任胡明带领团队已坚守一个月。由于患者病情危重，所有团队成员每天仅能休息两三个小时，但依然不断有病人在 ICU 去世。

1 月 28 日，得知好友在连日救治重症患者后被感染，病情严重，一向以坚强洒脱形象示人的胡明泣不成声，落下男儿泪。

“我没有路可以退。整个疫情没有结束，我们 ICU 就不能退。”胡明视自己的团队为战役的“最后一道关”：“如果我们都退了，那还能指望谁呢？ICU 永远是疾病的最后一道关，我们最后一道关守门的都退了，那不跟球队没有守门员一样？”

这段话很好地解释了重症治疗在新冠肺炎患者救治中的重要性。

那么，什么是重症治疗？它仅仅是救命那么简单吗？对于新冠肺炎患者救治有什么重要意义？

“治病分为对症治疗和病因治疗两种，像阑尾手术直接切掉病灶，就是病因治疗。”杜斌解释说，而重症治疗就是对症治疗，比如一个人的血压、排泄、呼吸都不好，就需要高级的纠正手段让病人恢复正常，再去寻求病因治疗。

因此，对于不同的病情，对症治疗和病因治疗也各有侧重。我们已经知道，新冠肺炎本质上是一种急性病毒感染的疾病，而从理论上讲，急性病毒感染的一大特点就是自限性，即只要患者保持着一种正常的抵御病毒的状态，就可以依靠免疫力慢慢康复。作为一种突发传染病，新冠肺炎尚没有特效的抗病毒药。因此，在杜斌看来，让“病人先活下来”、给予相应的对症治疗，在救治阶段就显得格外重要。

然而，诡异的新冠肺炎给了杜斌一个“下马威”：最初的某一天，他看到一个危重症患者的血气检测二氧化碳一栏已经到了测不出数字的程度了。于是，整整一上午的时间，杜斌就在床边不断地调试呼吸机。到中午的时候，血气检测二氧化碳值显示大于115，但这一数值仍大大超过检测上限。当时，杜斌内心感到的是深深的迷茫。

他坦陈，在最初这段时间，一线重症医生都很崩溃。“单从病人和病情的角度而言，确实搞不懂。比如说，我们会看到相当一部分病人即便上了呼吸机，低氧依然很难纠正；比如有些病人的二氧化碳潴留顽固，很难用调整呼吸机的方式调节。”

更棘手的问题是，重症病人源源不断，一个床位刚空下来，后面有更多病人在等着。有的病人一来了就“哐当”倒下，救治进展十分困难。这样的严峻形势让杜斌等一线临床专家心急如焚，却一筹莫展，“其实传染病最重要的不是治疗，而是防控。你怎么让病人人数减少，剩下的再去治。你不知道还有多少病人在外面，就意味着你也不知道一共有多少重症病人。”

其实，武汉重症救治能力相对其他大城市并不弱。作为一座千万级人口的中心城市，武汉市有三级医院 61 家，占湖北省近一半，其中三甲医院 27 家，数量名列全国第六位。正常来说，综合性医院约 10% 的床位是 ICU 床位。对此，李兰娟院士有过准确的概括：“当重症和危重症患者的总数降到 1000 例以下时，武汉本地的医院就有能力全部接手了。”同时，武汉坐拥协和、同济等顶级医学院资源，优质医疗人才众多。

但此次疫情暴露出中国医疗资源结构深层次的问题，其中之一就是优质医疗资源依然匮乏，且分布不均衡。这一点在与疫情密切相关的呼吸科、感染科、重症科都有所体现，但 ICU 尤为突出。由于入住患者普遍病情危重，医疗设备高端贵重，对医护人员专业能力要求高，ICU 需要整合麻醉、内科、外科、护理等多专业的高端技术团队，因此人员、设备和场地都合格的 ICU 数量其实是严重不足的。

以杜斌首先抵达的武汉市金银潭医院为例，作为传染病专科医院，该院 ICU 病房仅有 5 名医生，16 名护士，全院的氧疗仪器加起来不足 20 台。院长张定宇曾多次对媒体表示，最缺的就是护理团队，按照正常这种状态最少需要 30 名护士。而按照相关国家标准，ICU 的护士人数需按照一张病床平均 2.5 名到 3 名护士来配置，对护士资质的要求也相应高得多。即使在综合实力较强的武汉协和医院，据官网介绍，医院的 ICU 床位也只有 55 张。

武汉并非个例。世界重症与危重病医学会联盟提供的数据显示，德国、加拿大每 10 万人拥有的 ICU 床位数分别达到 24.6 张和 13.5 张。而 2016 年的一项全国 ICU 普查结果显示：以 2014 年人口为参照，我国每 10 万人拥有的 ICU 床位数仅为 3.19 张。不过，杜斌解释说，上述调查未将专科 ICU 纳入统计范围，而综合 ICU 与专科 ICU 的床位数大致持平，这意味着这一数字可能翻一倍，但即便如此，与德国、加拿大的数据依然相差甚远。

我们的 ICU 救治水平又如何呢？在丹麦诞生了世界上第一个 ICU 病房的 30 多年后，1982 年，中国第一张为外科手术而设的 ICU 病床在北京协和医院建成。两年后，协和医院成立了中国第一个重症医学科室，有 7 张病床，由被称为“中国重症医学之父”的陈德昌医生坐镇。到了 2003 年，ICU 成为公立医院评级等的重要指标，迎来其高速发展期。但直到 2009 年，我国才将“重症医学科”列为一级诊疗科目，并发布《重症医学科建设与管理指南（试行）》。

“总体来说，我们的 ICU 水平是落后于欧美的。”杜斌解释说，应对这种级别的疫情，几乎很难避免医疗资源挤兑的发生，号称“医疗投入最多”的美国也不例外。而只要发生医疗资源挤兑，病亡率是一定会升高的，这并非医疗水平或能力的问题。比如，意大利 ICU 医生其实是全世界最擅长使用呼吸机的，但依然在医疗资源挤兑面前左支右绌。

了解这些背景之后，我们才可以更客观地看待在疫情早期，武汉和湖北的病亡率与重症率高企的原因，也会更清醒地认识到，随意贬低或谑称其他国家医疗救治“抄作业论”可以休矣！病毒是“公平”的，各国的医疗水平或许有高有低，应对措施或许有好有坏，但同一种疾病的基本规律和临床数据偏差不会太大。这也是杜斌所说“该走的弯路一点没少走”的深意。

复盘“先行者”武汉的新冠肺炎救治之路，国家卫健委医政医管局监察专员焦雅辉在接受媒体采访时，有颇为中肯的解读：

“我想武汉现在的重症比例并不是一种疾病发生的自然状态所导致的重症比例，早期防控措施以及医疗资源供需缺口导致了现在重症病例比较多。

“我们有一个统计的数据：这些重症病例从发病到住院，平均时间是 9.84 天。很多病人就是在这 10 天等待的过程中，由轻症变成了重症。

“短时间内这么多重症患者入院，医院所有的病房都要变成重症监护病房。那么首先抢救的仪器和设备供给是不够的，如呼吸机、监护仪。另外，我们没有这么多治疗重症的医生和护士，所以这些对我们来说都是严峻的考验。

“此外，我们还面临着一个新的问题：这些患者都是重症肺炎病人，绝大多数需要进行氧气支持的治疗，即无创呼吸机的使用和有创呼吸机的使用。那么大量病人需要氧气的支持、治疗，氧气的供应也就出现了供不应求的问题。

“所以，我想就是这些综合因素导致武汉的重症病人比较多，并且治疗的效果好像不如其他地方。”

那么，武汉早期重症率和病亡率到底如何？

这就牵涉一个数学问题。病亡率 = 全部死亡人数 ÷ 全部确诊人数的结果；重症率 = 全部重症人数 ÷ 全部确诊人数的结果。因此，不到疫情尘埃落定的时刻，这两个数值会随着分子、分母的统计数据的变化而动态变化。这意味着，我们在比较不同地区的重症率和病亡率时，应更加谨慎地考虑到时间段、统计口径等因素，才能得出相对准确的判断。

我们仅截取 2020 年 2 月中旬的统计数据来看：

截至 2020 年 2 月 15 日，武汉的重症病例为 8530 例，占确诊病例（35314 例）的 24.2%，高于湖北省的 21.2% 和全国的 19.6%；

截至 2020 年 2 月 15 日，武汉的病亡率为 2.96%，高于湖北省的 2.69% 与非湖北地区的 0.55%，在 1 月下旬甚至最高达到 9.06%。

为扭转这一不利局面，中国采取了两个关键性举措：一是调动全国重症医疗力量自带抢救设备，“整建制”驰援接管武汉病区；二是采取集中患者、集中专家、集中资源、集中救治的“四集中”原则，将优势兵力集中在主战场。

李兰娟、王辰、张伯礼、黄璐琦、乔杰、陈薇等院士率领精锐呼吸科、重症医学科团队相继抵达。来自国家卫健委委属委管及江苏、山东等 10 余个省份的综合医院重症医学科骨干团队，由院长或书记带队，“整建制”接管新病区，并带来呼吸机、监护仪、ECMO、人工肺等抢救辎重。

在武汉救治一线，新建的火神山医院、雷神山医院专门收治重症、危重症病人；在原有三家重症定点医院基础上，再开设武汉协和医院西院区、同济医院中法新城院区和武汉大学人民医院东院区，计划收治 1000 名重症患者；大批方舱医院收治轻症患者，变“人等床”为“床等人”，以提高收治率和治愈率。

效果立竿见影：截至 2020 年 2 月 17 日，新冠肺炎患者从发病到确诊的全国平均时间已降至 4.95 天；武汉重症患者占比从初期的 38% 已经下降到 18%。最早收治重症患者的金银潭医院和肺科医院，患者出院率已经达到了 30% 到 39%。这意味着，武汉早期的医疗资源挤兑现象逐渐缓解，“四集中”的救治效果开始显现。

“能够在这么短的时间里，动员几万名医务人员，同时到达一个城市去工作，这个可能只有我们国家能够做到。”国家新冠肺炎危重症临床救治专家组成员钟鸣感叹道。

在这个过程中，杜斌也有了新的身份——武汉同济医院中法新城院区协和 ICU 的临时科主任。但他的职责不仅是在一线抢救危重症患者，还要投入精力与全国同行探索国家版的诊疗方案。

诊疗方案是临床医生的治疗遵循，也代表着一个国家顶尖医疗团队对一种疾病的理解。在所有的传染病防治中，一份诊疗方案堪称“救命宝典”，每一个字都是临床医生用失败或成功的经验总结出来的，可谓一字千钧。

对杜斌而言，这是一个更重的担子。“万一判断是错的，影响到的就是对更多人的治疗过程。最重要的不是去决定一个人的生死，而是你的决定能够影响一群人的生死。”

新冠肺炎有不同于其他呼吸道传染病的显著特征：病程凶险、进展快、救治难度大。这是众多呼吸科及重症科临床专家一致的感受。

中央指导组医疗救治组专家、北京朝阳医院副院长童朝晖说，新冠肺炎患者身上出现的是严重呼吸衰竭，比“非典”患者的呼吸衰竭进展更快，缺氧有时候发展得很明显。和“非典”相比，这次的患者心脏受到的攻击也非常厉害，所以这类患者的救治难度更大。

医生们在救治过程中逐渐发现，危重症患者的死因不只是肺部问题，还伴随多器官衰竭，传统的通气甚至上 ECMO 等手段也无法阻止病人全身器官衰竭的步伐。

看似简单的发现，代价却是短时间内一直有这样的病人以“超出救治能力范围外”的方式去世。在这样高频率、高强度的压力下，没有人知道杜斌他们内心经历着怎样的煎熬，他们唯有咬紧牙关、争分夺秒与病毒抗争到底！

“我们大家逐渐意识到最开始的治疗方式肯定是有问题的，不然不会大多数病人都治不好。”杜斌说，所以后来大家达成共识，恐怕这些病人前面缺氧时间太长了，所以我们就会在金银潭医院和肺科医院查房时，跟医生商量说，这病人别等了，赶紧插管。

杜斌和童朝晖一起分析了 20 多例用上 ECMO 治疗的病人的救治案例，发现这些病人可分成两组，一组是发现病人病情有恶化迹象就上 ECMO，还有一组病人是延误了几天，如延误了 4 天。对比发现，病人如果早上 ECMO，他最后脱离 ECMO 的概率就大大高于晚几天上 ECMO 的概率。

正是在这样的艰难摸索中，早期插管和俯卧式通气两个救治经验浮出水面。

早期插管是一个颇具争议性的举措。因为在一般认知中，从单纯的吸氧到上呼吸机，再到上 ECMO，支持治疗的强度越大，病人的病情越重，病人死亡的风险也在相应提高。插管是一项高危操作，可喷溅分泌物、血液或产生飞沫、气溶胶，增加病毒传染的风险。

“关键是插管的时机。”童朝晖一针见血地指出，如果经鼻高流量和无创通气在 1~2 个小时内病情没有改善，甚至加重恶化，应该及时进行气管插管和有创通气。

杜斌也认为，关键在于患者需要有创通气治疗的时候，医护人员是否及时为其提供了有创通气治疗。如果说拖了一周甚至两周才做有创通气治疗，那就不是插管的效果问题，而是时机把握的问题。事实上，在临床一线都接受“早插管”这样一个理念后，后来的拔管成功率显著提高。正如杜斌所说，作为医生，你不能因为担心“插管后难拔管”就不敢插管。

正因为插管有风险，杜斌在同济医院中法新城院区协和临时 ICU，亲自示范为第一个符合指征的病人插管。“如果你只是动嘴皮子，而没有去做，怎么让人家接受你的主张？你说 10 遍，不如自己去做一遍。”他说，这样做是因为我们相信，及时插管是一个正确的做法，是能够扭转患者病情的关键做法。

俯卧式通气，则是“老办法”得到了新实证。童朝晖解释说，做有创通气的患者，由于采取了高通量的呼气末正压通气（PEEP）

以及相应的肺保护性通气策略，同时也进行了合理规范的肺复张，每天应该进行 12 个小时以上的俯卧位通气。

杜斌说，俯卧位通气其实是 ICU 平时治疗呼吸衰竭、需要上呼吸机的病人很常见的一种手段，但多用在病情比较重的患者身上。在新冠肺炎患者救治过程中，我们发现，绝大多数病人采取俯卧位通气的效果都非常好，甚至在鼻导管吸氧的病人那里也有效果，能延缓疾病进展。“这是个很宝贵的经验，因为它不需要钱，也不需要特殊的设备，只需要去训练团队熟悉这样一个操作。”

这两项救治经验后来被写入国家版诊疗方案，并在重症定点医院推广，成为重症患者的主要治疗路径：密切观察这类患者的生命体征，加强呼吸支持的力度，对于有创呼吸支持技术要关口前移；同时，要积极开展有创呼吸机机械通气支持，以及体外膜肺支持。

通过这些救治经验的实施，凶险的急性呼吸衰竭被遏制住了。攻克了救治初期最难的一个关口，重症一线医护人员开始了和死神抢人的攻坚战。

2020 年 2 月 16 日下午两点半，武汉市第九医院重症监护病区值班室电话响起：

“一位患者新冠肺炎合并感染性休克，血压测不出，马上要转到 ICU！”

正在重症监护病区值班的陕西首批援湖北医疗队队员李昊接到电话，以最快的速度武装起来，奔赴“战场”。

这是一名 62 岁的老年男性患者，送到时情况十分危急：他的意识已处于模糊状态，四肢脉搏几乎摸不到，全身可见皮肤花斑。

多年的临床经验告诉李昊，患者病情危重随时可能死亡。她立即和同事们对患者进行抢救。吸氧、心电监护生命体征、建立静脉通路、采集血液标本……一整套针对危重患者的抢救措施迅疾开展。可是当看到患者的心电监护时，李昊觉得不对劲：患者的心室率只有 30 次 / 分，明显不符合感染性休克的临床表现。

“立即进行床旁十二导联心电图！”

心电图波形让李昊心中一紧，赶紧又进一步进行床旁心脏彩色超声检查。“这根本不是感染性休克，而是大面积急性心肌梗死！”李昊说，时间就是生命，患者需要尽快接受 PCI（经皮冠状动脉介入治疗）或者溶栓治疗。可是，武汉市第九医院是一家二级医院，根本没有 PCI 的条件，并且医院在岗医生中没有心血管专业医生。

是继续联系有 PCI 资质的医院，还是就地溶栓？

生死时刻，抉择摆在眼前。

李昊果断拨打了西安交通大学第一附属医院心内科专家的电

话，对方了解情况后马上给出回复："患者新冠肺炎合并急性心梗诊断明确、病情危重，随时有生命危险，立即就地抢救，尽早溶栓！"

为保障溶栓期间患者的安全，西安交大一附院十余位心血管专家在线开展远程指导，前后方配合开启溶栓治疗。

经过 6 个小时的紧张溶栓，患者生命体征明显好转。

然而，第二天中午，患者心室率再次降至 30 次 / 分，同时出现阿斯症状，需要尽快安装临时起搏器。

西安交大一附院的专家紧急联系到武汉大学人民医院的心血管专家余锂镭，余锂镭立即带着设备赶到武汉市第九医院，最终使病人转危为安。此后，患者被转移到可以安放永久起搏器、实施 PCI 的上级医院。

一波三折，生死一瞬。

争分夺秒战斗的背后，是一线医护人员在患者体内产生炎症风暴和多器官损伤的紧要关头与病毒的一场遭遇战。

炎症风暴导致的多器官损伤，是与病毒抗争的另一道关口。

临床发现，随着疫情形势发展，除合并多种慢性病的老年患者病亡率高之外，年轻人发生猝死的情况正在增多。此类患者早期发病并不是非常凶险，而在后期呈现突然加速的状态，在临床表现上呼吸衰竭进展更快，同时伴有多器官损害，炎症风暴可能就是这一系列临床表现的罪魁祸首。

炎症风暴，又称“炎症瀑布”，是患者体内一种过度的免疫反应，即在短期内大量的细胞因子释放到血液里，血液中病毒负荷过重，刺激机体的细胞想清除病毒，会产生一些如白细胞介素等来扩大免疫反应，导致“自我攻击”，患者很快进入一种多器官功能衰竭的状态。

国家卫健委主任马晓伟说，尽管目前对新冠肺炎致病的机理还知之不深，但其对机体的损害仍是遵循已知的病理生理学规律。加强多学科的内科治疗、提升基础医疗质量始终是救治工作的基本要求。

“这个病人存在 DIC（弥散性血管内凝血），他的 D- 二聚体和纤维蛋白原同步升高，这肯定不是纤溶亢进，还在高凝阶段，应采取抗凝治疗。”

“他的气道压力很大，我们需要建立血流动力学监测评估，如果是全身的原因，要从全身去想办法。”

……

2020 年 2 月 23 日，北京协和医院血液内科赵永强教授、重症医学科隆云教授、血管外科郑月宏教授正与前方专家商讨多学科、整体性的救治方案，共同为一位极危重症患者的炎症风暴问题进行远程会诊。

“除了重症医学科和呼吸科人员，还要有感染科、心内科、神内科等专业人员，通过多学科诊疗来保证患者救治成功率。”北京协和医院援助湖北第一批医疗队队长、感染内科主任刘正印说。为进一步提高重症患者救治能力，该院一支由心脏专业、肾脏专业和重症医学专业的医护人员组成的20名“特种兵”已会师武汉，向重症新冠肺炎救治发起“总攻”。

此外，由于ICU病人通常都采取了气管插管的救治措施，这意味着病人要完全卧床。这时病人所有的护理都依赖护士，包括饮食、大小便、气道管理，一刻都不能离人。另外，护士还要随时监控ICU病房内各种监护设备的情况，要为患者进行补液等专业的操作，因此ICU护士工作强度极大。

嘀、嘀、嘀……

凌晨两点半左右，心电监护仪突然报警。

“不好，病人有情况！”这是北京大学第三医院肿瘤放疗科护士马骏脑海中蹦出的第一个念头。

马骏扭头一看心电监护仪，病人心跳从每分钟110次骤然降至90次、80次、70次……左上方原本规律的心跳曲线，此时如狂风中的风筝，高低起伏。

马骏凭着职业本能作出反应：跑去呼叫值班医生，推来抢救车准备抢救。就在这电光石火的几十秒内，患者的心率迅速下降至每分钟 30 次，呼吸、血压已经测不到了。

“立即肾上腺素 1mg 静推！”值班医生组明冷静地下了医嘱，手下不停，飞快地调节着呼吸机参数。马骏屏息静气，以最快的速度抽好药物，给患者从静脉推注进去。

一次、两次、三次——逐渐失去的“心跳线”扬起来了！

争分夺秒的重症抢救，需要护士们轮流倒班，24 小时守候在危重症患者身边，而考验他们的就是“藏在魔鬼中的细节”。

使用无创呼吸机治疗的患者，口鼻中会有大量分泌物。不少患者嫌不舒服，总是偷偷摘下面罩。有一次，一位患者刚摘下面罩去喝水，立刻出现血氧饱和度急剧下降，双眼上翻，意识逐渐丧失。

马骏和同事们除了一次次劝说解释，还加快了护理速度，并特别细致地护理患者口鼻周围的压疮，减轻他们的痛苦。对于插管上呼吸机的患者，他们就合力多次给其翻身排痰，减少压疮，帮助患者肺功能恢复……

一些危险的变化甚至不会表现在仪器上，但经验丰富的护士能察觉到“蛛丝马迹”。

有一次，马骏接班以后注意到一位丧失意识的重症患者一晚上没有排尿，立刻安排查体。结果，这位患者的膀胱已经涨到了耻骨上方。经过紧急导尿，患者转危为安。

“护理操作需要与病人近距离接触，非常危险，但我们义无反顾。”马骏说，“每当我们的细致工作为患者在危机时刻赢得‘黄金时间’，这就是最自豪、最满足的时刻。”

只要有一丝希望，就不惜代价、绝不放弃。

国家医保局医药服务管理司司长熊先军介绍，我国新冠肺炎重症患者人均治疗费用超过 15 万元，少数危重症患者治疗费用达到几十万元甚至超过百万元，医保均按规定予以报销。

上至 108 岁的老人，下至出生仅 30 个小时的婴儿，面对这些湖北重症、危重症患者中的特殊群体，“白衣战士”迎难而上、携手攻坚，成功治愈 3600 余名 80 岁以上新冠肺炎患者，其中武汉市 80 岁以上高龄老人救治成功率近 70%。

在重症救治中，死亡病例讨论制度也是一项重要的工作。国家卫健委医政医管局局长张宗久介绍：“通过这些讨论，总结经验教训，为下一步工作完善方案，全力以赴抢救下一个病人。”

基础医学研究也在及时进行。“前期，病毒把大家打得有点蒙了，毛玻璃样的‘大白肺’到底是什么？一部分也是由于缺少遗传病理学解剖的依据。”华中科技大学法医学教授刘良说。

很快，首例新冠肺炎逝者遗体解剖得以推动。其后，多个团队相继加入。这些尸检和穿刺组织病理观察结果被写入了第七版诊疗方案中，指出了治疗上应更加注重多器官、多系统功能保护和功能支持，以及“痰栓”等需注意的问题。

中央指导组医疗救治组还与湖北省、武汉市两级卫健委联合启动了定点医院重症巡查工作，覆盖湖北武汉、黄冈、孝感、荆州、荆门、鄂州等 10 余个城市，6 轮巡查发现并整改问题 85 项，为 300 余名重症患者及时调整了治疗方案。

从 2020 年 1 月 16 日发布第一版国家诊疗方案，到 50 天内诊疗方案迭代升级到第七版；3 次制订修订重症患者诊疗方案……无症状感染者可能具有传染性、康复者血浆治疗等一系列新发现，都被及时写入了诊疗方案新修订版本中，新冠肺炎医疗救治水平不断提高。

“在救治过程中，我们迅速明确了致病病原体，掌握了疾病的临床特征，制订并完善诊疗方案，指导临床救治工作，形成了新冠肺炎重症救治的中国方案。”焦雅辉说。

4 月 12 日，被视为新冠肺炎“暴风眼”——武汉市金银潭医院，ICU 病区重症患者清零。

4 月 24 日，湖北省重症和危重症患者清零；4 月 26 日，武汉市在院新冠肺炎患者清零！

这场与病魔的较量还在继续。正如吉林大学白求恩第一医院副院长吕国悦所说：“当我们穿上这身白大褂，就立下了性命相托的誓言。这是医生的使命，为此我们必须拼到极致，把患者从死亡线上‘抢’回来。”

杜斌对此也有清醒的认识：“也许过一段时间会有新情况，但到目前为止，不管是中药西药，还没有证据表明哪一种药有确切疗效，尤其是针对重症患者。”他提醒人们对新冠肺炎患者的救治依然任重道远，“目前谈不上病因治疗，更多的还是支持治疗，用治疗手段来纠正患者的呼吸衰竭、肾功能衰竭等”。

他不觉得自己是个英雄，甚至坦承自己犯过错。比如，有人提醒杜斌这种疾病是不是也会引发心脏的问题，他没有接受这个观点，一直到后来才发现确实如此。“这很正常，每一个人都会犯错。”

在国务院疫情防控首场发布会上，杜斌向中外记者介绍中国抗疫经验时，引用了《鼠疫》里的一句话：“这一切与英雄主义无关，唯一的法宝是正直。”

没有什么比疾病和死亡更公正。它以一种极端的方式，将生命中一切弱点都暴露出来，亦是审视我们自身生活的重要时刻。这个繁难的过程中有教训和反思，也有经验和欣慰，告诉我们唯有保持常识、良知与理性，坚守中道的力量，才是使社会恢复健康的长久之计。

疫情终将过去，但武汉在 2020 年年初留下的群体性记忆，将成为中国下一个 10 年的开篇。

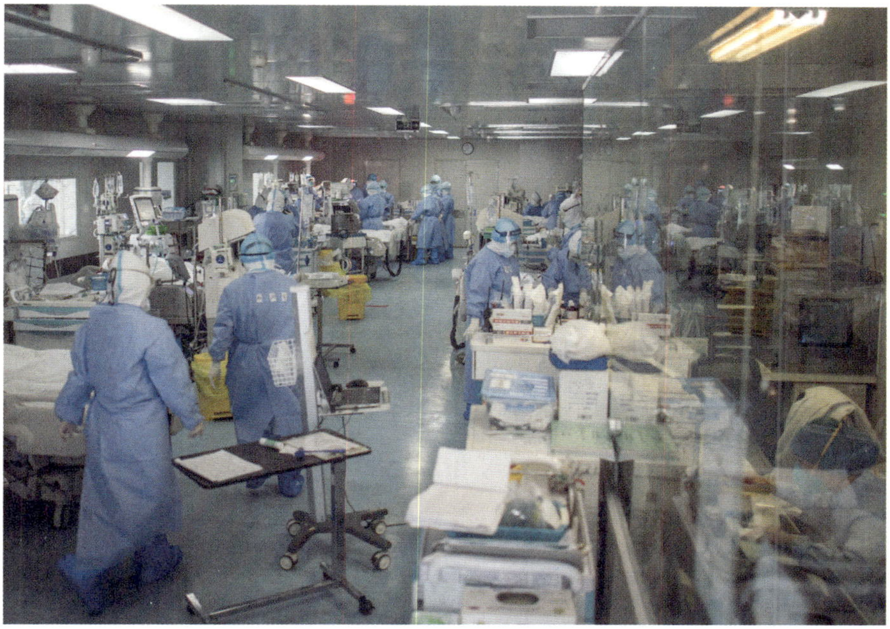

▶ 2020 年 3 月 19 日，医护人员在肺科医院 ICU 抢救新冠肺炎患者。

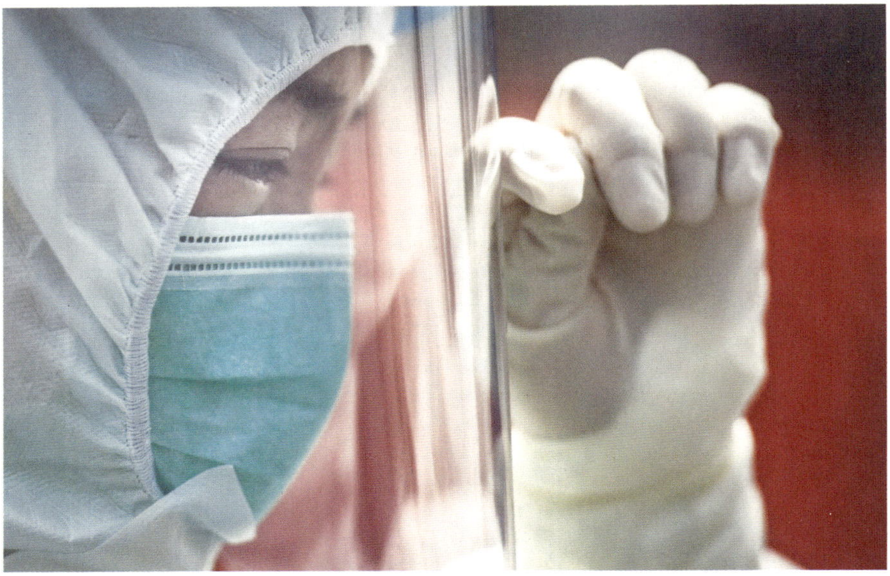

▶ 2020 年 3 月 8 日，来自贵州医疗队的叶青与康复的患者分别时落泪，她试图擦拭泪水。

第五章
CHAPTER 5

“抗疫奇兵”：应急科研攻关的战力

面对凶险疫情的同时，请让我们也保有对科学的敬畏，让我们为科研工作者坚持“尊重科学、遵循规律，以安全有效为根本”的方针点赞。

爱因斯坦说：“科学的不朽荣誉，在于它通过对人类心灵的作用，克服了人们在自己面前和在自然界面前的不安全感。”

当相信科学、依靠科学、使用科学蔚然成风，我们应对风浪侵袭就有了理性的“压舱石”。相信随着科研攻关的继续推进，科研人员这支“抗疫奇兵”的战力愈加凸显。

2020 年 2 月 17 日，科技部生物中心副主任孙燕荣在国务院联防联控机制新闻发布会上的一段话被网友制作成短视频，在朋友圈流传开来：“面对这次疫情的迅速发展，如何提高治愈率一直是科研攻关重中之重的任务，药物研发这项工作一直遵守‘老药新用’的攻关思路来开展。科研攻关组组织全国科技力量，层层筛选，从几万个药物到几千、到几百、到几十、到几个，于是，磷酸氯喹这样一个名副其实的老药出现在我们面前，也为我们带来了新的希望。”

磷酸氯喹，是一种已在临床上应用 70 多年的抗疟药，既往研究明确提示它不仅具有抗疟作用，还有广谱的抗病毒、免疫调节作用。而这种药在治疗新冠肺炎的临床表现上，也显现出疗效。

“无论是重症化率、退热现象还是肺部的影像好转时间、病毒核酸的转阴时间和转阴率，以及缩短病程等一系列指标，进行系统的综合研判，用药组优于对照组。”孙燕荣说。

“一个月对于科学研究来说很短暂，但对于和疾病斗争的患者来说非常漫长。”科技部副部长徐南平的一句话，道出了科研攻关抗击疫情的紧迫性。

面对疫情，习近平总书记多次强调“科学防治”。2月12日，习近平总书记主持召开的中央政治局常委会会议特别强调：“各级党委、政府和各级领导干部要扛起责任、经受考验，既有责任担当之勇，又有科学防控之智。”

而磷酸氯喹的遴选过程，正是针对新冠肺炎疫情应急科研攻关的缩影。

在决战之地湖北，各地医疗机构、科研机构、高等学校、相关企业，各方力量迅速行动起来，把疫情防控科研攻关作为一项重大而紧迫的任务，集中优势兵力打响科研攻坚战。

组建团队、启动专项、分离毒株……一线科研人员以分秒必争的状态全力以赴开展科研攻关，成为抗击疫情前线的一支奇兵。

科学防治，首先要快速解码、识别病毒。

1月7日，中国疾控中心成功分离首株新冠病毒毒株。

1月8日，初步确认新冠病毒为疫情病原。

1月9日，将病原学鉴定取得的初步进展分享给世界卫生组织……

科学防治，找到有效的治疗药物是关键。

在中国医学科学院病原生物学研究所等科研机构，科研人员从7万多个药品或化合物中筛选出约5000个可能有效的候选药物，再反复试验选定100个左右药物开展新型冠状病毒的活性实验，最后聚焦到磷酸氯喹、瑞德西韦、法匹拉韦等一批药物……

令人欣喜的是，目前部分药物已初步显示出临床疗效。在《新型冠状病毒肺炎诊疗方案（试行第六版）》中，抗疟药物磷酸氯喹、抗流感药物阿比多尔被纳入治疗试用药物。

据孙燕荣介绍，目前我国科研人员还在积极推动自主研发药物的科研攻关工作，高度重视我国自主研发的药物，加快推进包括中医药，以及可利霉素、汉防己甲素、阿兹夫定等一系列药物在临床方面的研究。

科学防治，要加快研发克制疫情的疫苗。

疫情伊始，我国已第一时间启动疫苗研发工作，灭活疫苗、mRNA 疫苗、重组蛋白疫苗、病毒载体疫苗、DNA 疫苗等多条技术路线并行推进，加速疫苗研发。

“过去我们用串联的方式，一个试验结束看看结果后再进行第二个试验，现在我们把这样的周期变成并联的方式，很多试验在同步推进。”从事重组蛋白疫苗研发的中科院微生物研究所研究员严景华说。

随着疫苗研制进程不断推进，好消息接连传来：由军事科学院军事医学研究院生物工程研究所陈薇院士团队研发的腺病毒载体重组新冠病毒疫苗，于 4 月 12 日开展二期临床试验。世界卫生组织官网公布，这是全球目前唯一进入二期临床试验的新冠病毒疫苗。

据陈薇介绍，该疫苗以改造过的复制缺陷型腺病毒为载体，搭载新冠病毒的 S 基因，进入受试者体内，使人体产生对 S 蛋白的免疫记忆，从而达到将病毒“拒之门外”的效果。

与此同时，据科技部社会发展科技司司长吴远彬介绍，国家药监局 4 月 12 日已批准中国生物武汉生物制品研究所和中国科学院武汉病毒研究所联合申请的新冠病毒灭活疫苗进入临床试验，此后也于 4 月 13 日批准了北京科兴中维生物技术有限公司研制的灭活疫苗开展临床试验。

除此之外，其他几条技术路线的疫苗研发进程也在加快推进。其中，减毒流感病毒载体疫苗已经完成疫苗毒株的构建和质检方法的建立，正在进行质量工艺研究和质量鉴定，中试生产（中间性试验）、动物攻毒实验和安全性评价实验也在同期开展。重组蛋白疫苗已经完成了毒种的构建，正在开展细胞和毒种鉴定和遗传稳定性考察、动物攻毒实验和安全性评价实验。核酸疫苗方面，也进入动物有效性和安全性评价的研究阶段，并同步开展临床样品的制备和质量检定工作。

吴远彬说，上述技术路线的疫苗预计将于四五月陆续申报临床试验。他特别指出，对疫苗研发工作，我们还是本着科学、安全、有效的基本前提，因为这是给健康人使用的特殊产品，所以在疫苗研发过程中，尽管是应急项目，还是特别强调科学性、程序性。

科学防治，中医药所发挥的作用也在凸显。

据国家中医药管理局科技司司长李昱介绍，在抗击疫情过程中，中医药通过临床筛选出有效的方剂“三药三方”，发挥了重要作用。

“三药”即金花清感颗粒、连花清瘟颗粒（胶囊）、血必净注射液，这三个药物都是前期经过审批的已经上市的老药，在新冠肺炎的治疗中发挥了重要作用，显示出良好的临床疗效。“三方”是指清肺排毒汤、化湿败毒方、宣肺败毒方三个方剂。

其中，金花清感颗粒是2009年在抗击甲型H1N1流感中研发出的有效中药。金花清感颗粒对治疗新冠肺炎的轻型、普通型患者疗效确切，可以缩短发热的时间，不仅能够提高淋巴细胞、白细胞的复常率，而且可以改善相关的免疫学指标。

连花清瘟胶囊在治疗轻型、普通型患者方面显示出良好的疗效，在缓解发热、咳嗽、乏力等症状方面疗效明显。同时，可以有效降低转重率。

血必净注射液可以促进炎症因子的消除，主要用于重型和危重型患者的早期和中期治疗，可以提高治愈率、出院率，降低重型向危重型方面的转化率。

李昱介绍说，鉴于“三药三方”，特别是“三药”在此次疫情中发挥的重要作用和取得的良好临床证据，国家药监局已经批准将治疗新冠肺炎纳入“三药”的新的药品适应证中。

科学防治，也少不了顶尖医学科研人员深入一线的身影。

在疫情防控的关键时刻，国内顶尖医疗队伍和医学科研人员也纷纷向湖北省集结。在国家卫健委协调下，钟南山院士团队、李兰娟院士团队、王辰院士团队赶赴武汉，帮助当地更好地救治重症患者。

“没什么特殊情况，不要去武汉。”疫情蔓延时，钟南山向公众发出紧急呼吁，自己却“逆行”冲往抗疫最前线。

“国家的大事，自己义不容辞。”当我们再次看到中国工程院院士李兰娟在前线的照片时，映入眼帘的是她的脸上被口罩勒出的一道道痕。曾在“非典”、H7N9 禽流感等传染病防控中作出重要贡献的李兰娟，也是此次国家卫健委高级别专家组成员之一。

在疫情蔓延的第一时间，她同样向上级部门提出：“我可以带队去支援武汉。”

“与生命赛跑，要尽快拿出立得住的科研成果，这样才能形成疫情防控的核心生产力。”深入防疫一线的中国工程院副院长王辰说。

让我们把目光转回到磷酸氯喹。

新冠肺炎疫情发生后，广州再生医学与健康广东省实验室启动应急反应机制，组织实验室优势力量进行集中攻关，聚焦快速检测、治疗、疫苗 3 个方向部署 10 个紧急攻关项目，而磷酸氯喹对新冠肺炎的临床疗效评价就是其中之一。

正如王辰院士所说，医学是个非常复杂的过程，对于一个新药和新疗法绝不是一蹴而就的。在这个时候，我们既要有急迫的心情，感受到病人急迫的需要，同时也要有非常清醒的头脑、非常稳健的行动，这样才能推动科学研究。

他向大众传递了一个非常重要的理念：疫情当前，虽然对于药物和疗法的需求急迫，但更重要的是要尊重客观的科学规律和必需的程序。

广州再生医学与健康广东省实验室常务副主任裴端卿介绍了该实验室对磷酸氯喹进行“老药新用”临床试验的经过，让我们能够一窥科研攻关的审慎进程：首批入组的 10 位病人，服药后 2~10 天转阴，平均转阴时间 6.65 天，获得的临床试验结果被纳入国家卫健委第六版诊疗方案；截至 2020 年 2 月 20 日晚，广东全省共有 10 个定点收治医疗机构，累计筛选符合标准的入组病例 117 人，其中轻型 11 例，普通型 103 例，重型 3 例，服药后转阴 103 例（含轻型 9 例，普通型 91 例，重型 3 例）。在治疗过程中没有看到和药物相关的严重不良反应。

面对凶险疫情的同时，请让我们也保有对科学的敬畏，让我们为科研工作者坚持“尊重科学、遵循规律，以安全有效为根本”的方针点赞。

爱因斯坦说：“科学的不朽荣誉，在于它通过对人类心灵的作用，克服了人们在自己面前和在自然界面前的不安全感。”

当相信科学、依靠科学、使用科学蔚然成风，我们应对风浪侵袭就有了理性的“压舱石”。相信随着科研攻关的继续推进，科研人员这支“抗疫奇兵”的战力还将愈加凸显。

▶ 2020 年 2 月 24 日，刘森波（左）与同事梅乙奇将武汉雷神山医院收取的病毒样本转运至实验室。

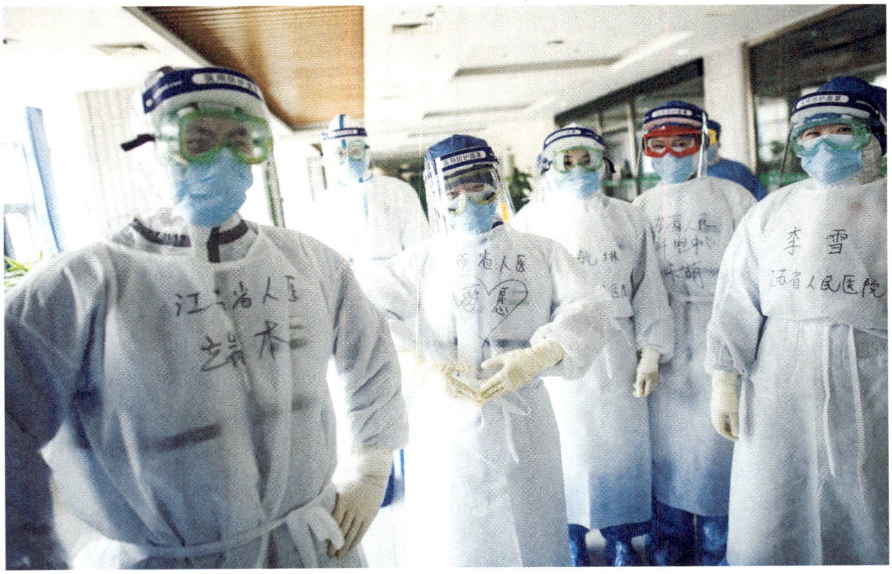

▶ 2020 年 2 月 22 日，来自江苏医疗队的葛愿（左三）在武汉市第一医院为武汉祝福加油。

▶ 2020 年 2 月 4 日，在武汉雷神山医院建设工地，来自中建三局的建设工人在加紧施工。

第六章
CHAPTER 6

武汉加油：八方支援，筑牢疫情防控的钢铁长城

目前，经过艰苦卓绝的努力，武汉“保卫战”、湖北“保卫战”取得决定性成果，疫情防控阻击战取得重大战略成果，统筹推进疫情防控和经济社会发展工作取得积极成效。

振奋人心的成果背后，包含方方面面的共同努力，凝结着4万多名奔赴前线白衣天使的辛劳、奉献，同时也见证着14亿人民选择为家守国，又为国舍家，以排山倒海的磅礴伟力，把“不可能”变成了“一定能”。

再有 4 个月，李德胜就 60 岁了，该退休了。然而，突如其来的疫情，打破了他的平静生活。

李德胜是武汉市公安局江汉分局民权派出所打铜社区警务室民警。在此次抗击新冠肺炎疫情中，打铜社区是老旧社区，起初形势并不乐观。

从 1 月 23 日开始，李德胜就和其他民警一起奋战在一线。1 个月下来，李德胜双眼布满了血丝，但他却从未因自己接近退休而轻言退缩。

武汉医用防护物资紧缺，打铜社区也不例外。李德胜主动当起了“搬运工”，开着自己的私家车，多次运送口罩等物资。

确保患者早收早治是防控疫情的一大关键。截至 2020 年 2 月 10 日，李德胜和社区工作人员日夜不休，先后转送 14 名确诊患者入院医治、运送 30 余名疑似患者到隔离点隔离。

“你年龄大了，也容易感染病毒，何必这么拼？”有人劝李德胜。“我从警 20 年，在这关键时刻，疫情不退，决不休兵！”两鬓斑白的李德胜的话掷地有声。

在李德胜的背后，武汉市公安局深入开展的“万名警察进社区”活动正在进行中。武汉市市、区两级民警对口支援，全面落实“进社区、进单位、进家庭”，全力投入转运收治工作。从2月6日到20日，共出动警力6.3万人次，协助转运送治“四类人员”2.2万人。

在新冠肺炎疫情的风暴之眼，与这座城市共同进退、生死相守的，除了“白衣战士”外，还有广大社区工作者、公安民警、基层干部等“最美逆行者”。

2020年3月10日，习近平总书记专门赴湖北省武汉市考察疫情防控工作，向奋战在疫情防控第一线的广大医务工作者、人民解放军指战员、社区工作者、公安干警、基层干部、下沉干部、志愿者以及各个方面的同志们表示崇高的敬意。

在疫情防控过程中，我们不应忘记那些在抗疫一线不惧风雨、英勇奋战、奉献坚守乃至献身的各条战线上的抗疫英雄。

疫情防控，全国是一盘大棋，湖北省和武汉市是重中之重，是打赢疫情防控阻击战的决胜之地。然而，在疫情防控初期，不断增加的确诊人数、持续紧张的床位、紧平衡状态中的医疗资源，给救治工作设下层层考验。

关键时刻，党中央紧急部署，充分考虑疫情现状、人力资源储备及受援地市医疗资源缺口等情况，统筹安排19个省份对口支援湖北省除武汉市外的16个市州及县级市。

疫情就是命令，防控就是责任。

全国各地、各部门紧急驰援。人员、物资源源不断从四面八方汇聚而来。

这是一场全民动员的战争——

从中央到地方，党员干部闻令而动。400 万名社区工作者夜以继日守护人民家园，确保不漏掉一户，不漏掉一人。在街头，在巷口，在楼宇，社区志愿者在社区干部的带领下日夜守护。全面加强农村防疫，对返乡、流动人员，尤其是武汉回乡人员开展追踪和医学观察。中国形成了全面动员、全面部署、全面加强疫情防控的周密部署。

这是一场前所未有的出征——

全国各地共选派 330 多支医疗队，超过 4 万名医务人员驰援湖北。其中，重症医学科、感染科、呼吸科、循环内科和麻醉科的专业人员就达到了 16000 多人。

这是一个“不可能完成的任务”——

火神山医院、雷神山医院在短时间内相继建成。与此同时，其他疫情防控重点地区也全力建设类似的专用医院，以集中收治新冠肺炎患者。

最急需的口罩加紧生产运送——

在疫情最严重的 2 月中旬，全国口罩产能利用率一直在 100%

以上。2 月 29 日，全国口罩日产量达到 1.16 亿只，是 2 月 1 日的 12 倍，医用 N95 口罩日产量达到 166 万只。医用防护服从日产 0.87 万件跃升至超过 30 万件，供需矛盾初步缓解。

空中运送与时间赛跑——

按照中央军委命令，2 月 2 日，空军凌晨出动 8 架大型运输机，向武汉紧急空运 795 名军队医疗队队员和 58 吨物资。这是继汶川、玉树抗震救灾之后，空军参与非战争军事行动同时出动大型运输机数量最多的一次。

铁路大动脉全力开动——

打好疫情防控阻击战，充足的物资保障是关键。截至 3 月 23 日，全国铁路累计运送援湖北省医护及救援人员 400 批 11732 人；向湖北和武汉地区累计装运防控保障物资 13686 批 30.3 万吨，其中防疫物资 8033 批 3.9 万吨、生活物资 5653 批 26.4 万吨。

应急物资道路优先通行——

“坚决遏制疫情传播，还要确保物流畅通。”交通运输部副部长刘小明表示，交通运输部门建立进鄂应急物资道路运输中转服务站，实现运输车辆快卸快返。对医疗物资、生活必需品优先保障运力，对相关车辆“不停车、不检查、不收费”。

社会各界传递“中国温度”——

成立通勤车队、驰援生活物资、捐赠保险保障……面对疫情，各地企业或慷慨解囊支援战“疫”，或积极复工复产保障生产，为前线送去温暖与保障。

截至 4 月 5 日，武汉市红十字会共接收社会捐赠款超过 16.9 亿元。

武汉，不是“孤岛”；武汉，从来都不是孤军作战。

这是一组令人揪心的数字——在疫情发生早期，由于对病毒的认识不足，防控知识缺乏，截至 3 月 6 日，湖北省当地医务人员感染新冠肺炎者超过 3000 名，其中 40% 是在医院感染，60% 是在社区感染。

习近平总书记就关心爱护参与疫情防控工作的医务人员专门作出重要指示，强调医务人员是战胜疫情的中坚力量，务必高度重视对他们的保护、关心、爱护，从各个方面提供支持保障，使他们始终保持强大战斗力、昂扬斗志、旺盛精力，持续健康投入战胜疫情斗争。

疫情发生以来，党中央和国务院高度重视医务人员的安全保障，多次作出部署安排，要求尽最大努力确保一线医务人员健康和安全。

全力为白衣战士“铸铠甲”——

对医用口罩、医用防护服等重点医疗物资加快审批、生产、许可，“中国制造”全面动员增产扩产。从 3 月 5 日起，湖北省的医疗防护物资实现“库存充足”。

尽力确保医护人员“零感染”——

国家卫健委相继下发做好医疗机构内感染控制的技术指南和通知，成立院感防控专家组，深入武汉市定点医院和各医疗队驻点，进行现场培训。所有支援湖北省的医疗队均成立院感小组，确保各项防护措施严格执行。

各项关爱措施落实落细——

国务院联防联控机制3月12日下发《关于聚焦一线贯彻落实保护关心爱护医务人员措施的通知》，明确一线医务人员以实际参加现场调查处置、患者救治等工作情况为准，不受编制、身份等限制。保护关心爱护措施要向一线医务人员倾斜。

针对一线医务人员的实际困难，各部门、各地出台更有针对性的举措：女性生理卫生用品被纳入防疫保障用品清单，对长时间超负荷工作的医务人员强制休息，完善落实一线医务人员的待遇保障和补助奖励政策……

后续人文关怀不可或缺——

国家卫健委要求，对因履行工作职责而感染的医务人员认定为工伤，积极安排救治。各级党委政府要组建专人专班，从生活、心理、人文、安全、待遇五个方面，解决好一线医务人员及其家属的后顾之忧。

天使守护生命，我们守护天使——人们心中涌动的强烈情感，化为致敬英雄的实际行动，从四面八方汇聚成爱的洪流，温暖着白衣天使们的心。

目前，经过艰苦卓绝的努力，武汉“保卫战”、湖北“保卫战”取得决定性成果，疫情防控阻击战取得重大战略成果，统筹推进疫情防控和经济社会发展工作取得积极成效。

振奋人心的成果背后，包含方方面面的共同努力，凝结着 4 万多名奔赴前线白衣天使的辛劳、奉献，同时也见证着 14 亿人民选择为家守国，又为国舍家，以排山倒海的磅礴伟力，把“不可能”变成了“一定能”。

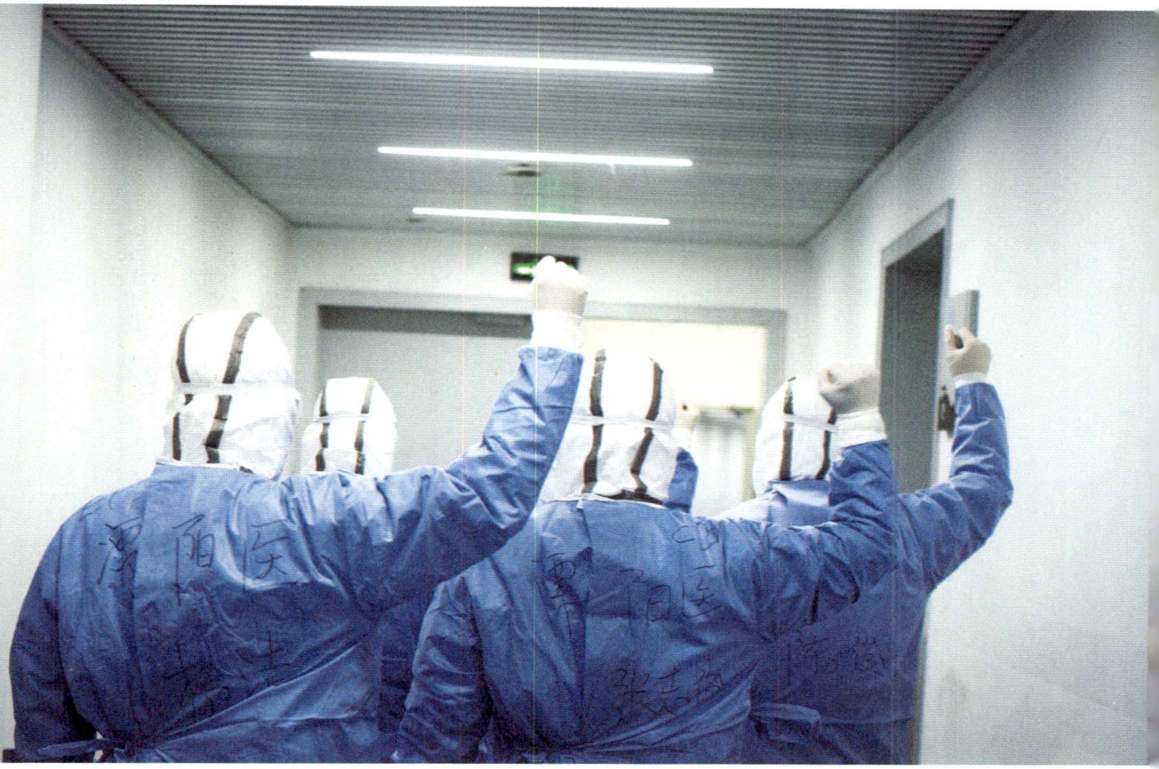

▶ 2020 年 2 月 17 日，来自江苏省医疗队的杨洁、张志俊、李飞、汤建伟、陈俊在进入武汉体育中心方舱医院前加油打气。

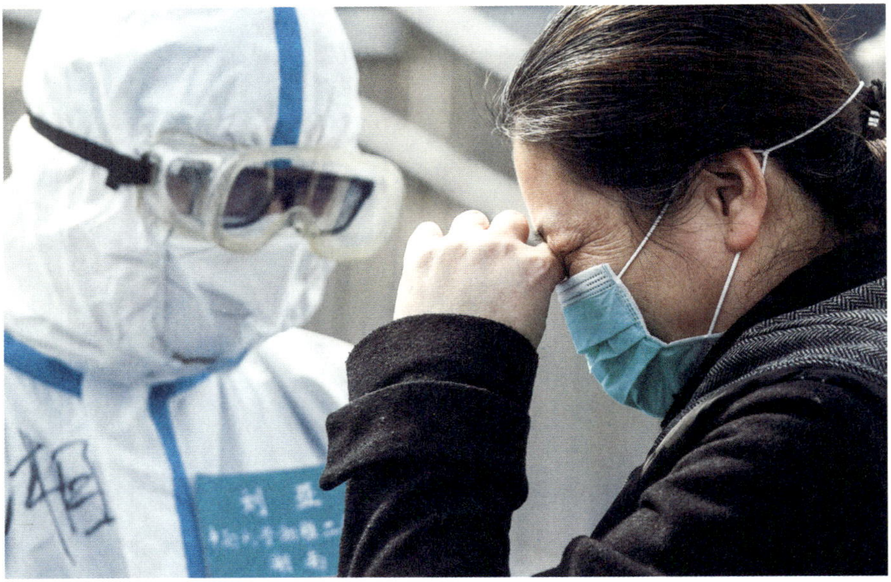

▶ 2020 年 3 月 10 日，在武昌方舱医院病区出口，一名新冠肺炎治愈患者激动落泪。当日，武昌方舱医院最后一批痊愈病人出舱。

第七章
CHAPTER 7

“海恩法则”的警示：补短板、堵漏洞、强弱项

经历阵痛之后，我们的国家正在凝聚起更强大的力量，真正从这场疫情中涅槃重生，防止类似的悲剧再次发生。

正如高福、刘欢所著《流感病毒——躲也躲不过的敌人》一书所说：“新发和再发病毒不断袭扰人类，没有硝烟的‘疫战’一刻也未曾停歇，新的病毒不断被发现，发现的病毒不断进化，流感病毒、冠状病毒、埃博拉病毒、寨卡病毒等，携带着‘致命武器’向人类气势汹汹扑来，我们必须‘升级装备’时刻准备着。”

疫情催人急，家国共同体。灾难面前，没有从天而降的超级英雄，只有挺身而出的凡人。微光也许微弱，但无数微光汇聚，终能驱赶黑暗。

时代的一粒灰，落在个人头上，或许就是一座山。

2020 年 2 月 1 日，武汉市中心医院眼科医生李文亮被确诊患新冠肺炎。2 月 7 日凌晨 2 时 58 分，经全力抢救无效不幸去世，李文亮永远地离开了他热爱并奋斗的岗位。

在李文亮患病期间，曾有记者问他，在康复后有什么打算。李文亮回答说："康复以后我还是要上一线的，现在疫情还在扩散，不想当逃兵。"

在面对危及生命健康的未知疫情时，他和张继先等医务人员的勇敢直接或间接地"拯救"了许多人，尤其是医护人员的生命；在生死未卜的关头，他和其他"白衣战士"一样，矢志不忘救死扶伤的天职。

江学庆、刘智明、柳帆、夏思思、彭银华、张静静……我们不能忘记李文亮，以及和他一样用生命守护生命的"白衣战士"们。每一位投身抗击疫情的医护人员，都应该被人们铭记。

我们更应该反思，在重大突发事件应急管理中，一些地方政府部门在治理体系和能力建设中是否存在短板和问题？有关部门是否应从此事件中吸取教训，亡羊补牢？

报告文学《巨灾对阵中国》中有一段话令人印象深刻："中国具有一方有难、八方支援的优良传统，和在灾难中越挫越勇的伟大精神，但是，我们却缺乏在灾难前预防的机制和意识，以及在灾难后及时反思的诚恳态度。"

在这里，我们有必要提到海恩法则。海恩法则是飞机涡轮机的发明者德国人帕布斯·海恩提出的一个在航空界关于飞行安全的法则。"海恩法则"指出：每一起严重事故的背后，必然有29次轻微事故和300起未遂先兆以及1000起事故隐患。这种联系不仅仅适用于飞行领域，在涉及安全的其他领域也同样发挥着潜在的作用。

按照"海恩法则"分析，当一个重大事故发生后，在处理事故本身的同时，还要及时对同类问题的"事故征兆"和"事故苗头"进行排查处理，以防止类似问题的重复发生，及时解决再次发生重大事故的隐患，把问题解决在萌芽状态。

我们看到，对这一点，党中央已有部署。

2020年2月23日，习近平总书记在统筹推进新冠肺炎疫情防控和经济社会发展工作部署会议上强调，在这次应对疫情中，暴露出我国在重大疫情防控体制机制、公共卫生应急管理体系等方面存在的明显短板，要总结经验、吸取教训，深入研究如何强化公共卫生法治保障、改革完善疾病预防控制体系、改革完善重大疫情防控救治体系、健全重大疾病医疗保险和救助制度、健全统一的应急物资保障体系等重大问题，抓紧补短板、堵漏洞、强弱项，提高应对突发重大公共卫生事件的能力和水平。要坚持预防为主的卫生与健康工作方针，大力开展爱国卫生运动，加强公共卫生队伍建设和基层防控能力建设，推动医防结合，真正把问题解决在萌芽之时、成灾之前。

我们也看到，补齐短板、完善法治，有关部门在行动——

2 月 24 日，十三届全国人大常委会第十六次会议在京闭幕，表决通过关于全面禁止非法野生动物交易、革除滥食野生动物陋习、切实保障人民群众生命健康安全的决定，自公布之日起施行。

与此同时，全国人大常委会法工委发言人、研究室主任臧铁伟说，全国人大常委会法工委将认真研究健全国家公共卫生应急管理体系相关立法修法问题，适时启动有关立法修法工作。

2020 年 4 月，以“防疫有我，爱卫同行”为主题的爱国卫生月活动集中开展。全国爱卫办副主任、国家卫健委规划司司长毛群安说，这次新冠肺炎疫情给我们大家都上了一堂深刻的防疫课，也提示每个人从个人家庭健康以及个人与社会环境的角度，去重新审视其健康与责任。首先，防疫工作提示我们要重视对传染病的认识和防病的意识，在日常生活中要注意预防。

在疫情防控的过程中，每个人都要积极参与，才能形成群防群控、联防联控。疫情之后，我们要注意养成良好的饮食习惯、行为习惯和卫生习惯。希望通过这次的抗疫，我们都能够真正意识到自己是健康的第一责任人，要学会关注自己的健康，更要懂得自觉维护他人的健康，这些都是爱国卫生运动始终倡导的原则。

疫情过后，集中爆发的心理问题与创伤后应激障碍同样不容忽视。

“当所有潮水过去，会露出礁石。”方舱医院心理援助专家指导组副组长、北京大学第六医院临床心理评估中心主任石川说，这些“礁石”，可能是一个个在重大突发公共事件中被击倒的个体和家庭，是横亘在人类历史上的触目伤口。

这句话并非危言耸听。19 年前的“9 · 11”恐怖袭击事件，造成部分美国民众的安全感被严重削弱，至今余波未平；16 年前的“别斯兰人质事件”给当地及周边国家民众带来巨大恐惧，甚至改变了地缘政治、全球反恐形势的走向；与传染病有关的重大公共卫生事件更是在历史和现实中，上演着医学版的“霍布斯式噩梦”。

创伤后应激障碍、隔离带来的负面情绪、社会警戒心理升高、对病患的污名化……“礁石”不分国别，却生长在不同文化、不同国情的土壤里。这提醒我们，要重视灾后心理危机干预，探索精准干预，树立全球思维。

2008 年汶川地震后，大型灾害的公共危机心理干预首次进入国人视野，这一年也被称为中国灾后心理援助“元年”。

“数据显示，汶川地震 6 个月以后青少年创伤后应激障碍发生率达 9.7% 左右，而 SARS 疫情发生两年后有 10% 左右的患者人群出现了创伤后应激障碍。”中国科学院院士、北京大学第六医院院长陆林表示，应在制度、人力上早做安排，保障把心理疏导和干预坚持下去，不能“疫”走了之。

“潮水”正在退去，但“心理抗疫”刚刚进入主战场。“2019 年我国已启动全国社会心理服务体系试点建设，现在看来这项工作提前迎来了考验，已经等不得了。”北京大学第六医院临床心理科主任黄薛冰说。

经历阵痛之后，我们的国家正在凝聚起更强大的力量，真正从这场疫情中涅槃重生，防止类似的悲剧再次发生。

正如《流感病毒——躲也躲不过的敌人》一书所说：“新发和再发病毒不断袭扰人类，没有硝烟的‘疫战’一刻也未曾停歇，新的病毒不断被发现，发现的病毒不断进化，流感病毒、冠状病毒、埃博拉病毒、寨卡病毒等，携带着‘致命武器’向人类气势汹汹扑来，我们必须‘升级装备’时刻准备着。”

疫情催人急，家国共同体。灾难面前，没有从天而降的超级英雄，只有挺身而出的凡人。微光也许微弱，但无数微光汇聚，终能驱赶黑暗。

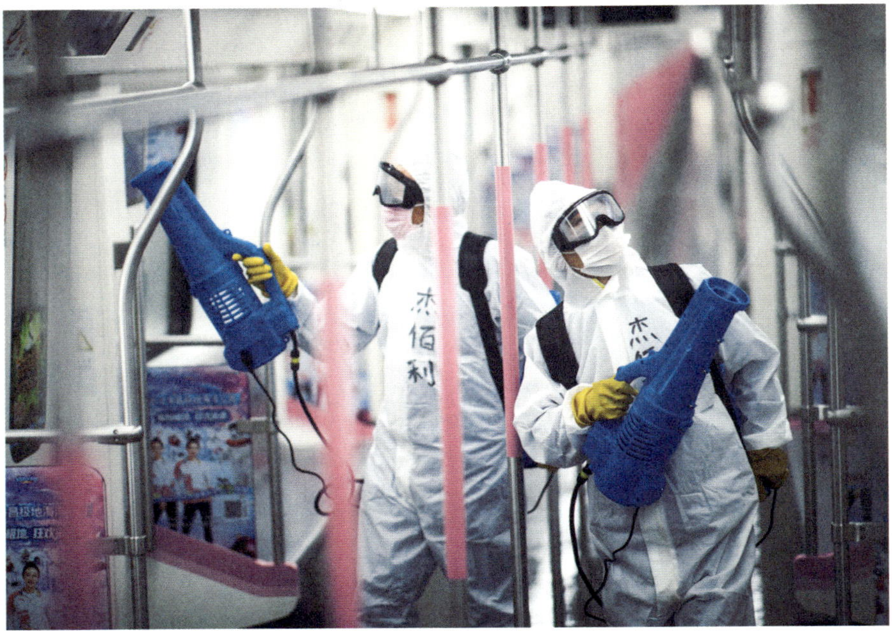

2020 年 3 月 23 日，在武汉地铁常青车辆段，保洁人员在为地铁车厢消毒。

▶ 2020 年 3 月 24 日，在东风乘用车公司工厂总装车间的流水线上，工人们保持两米的距离吃午饭，饭后接着加紧生产。

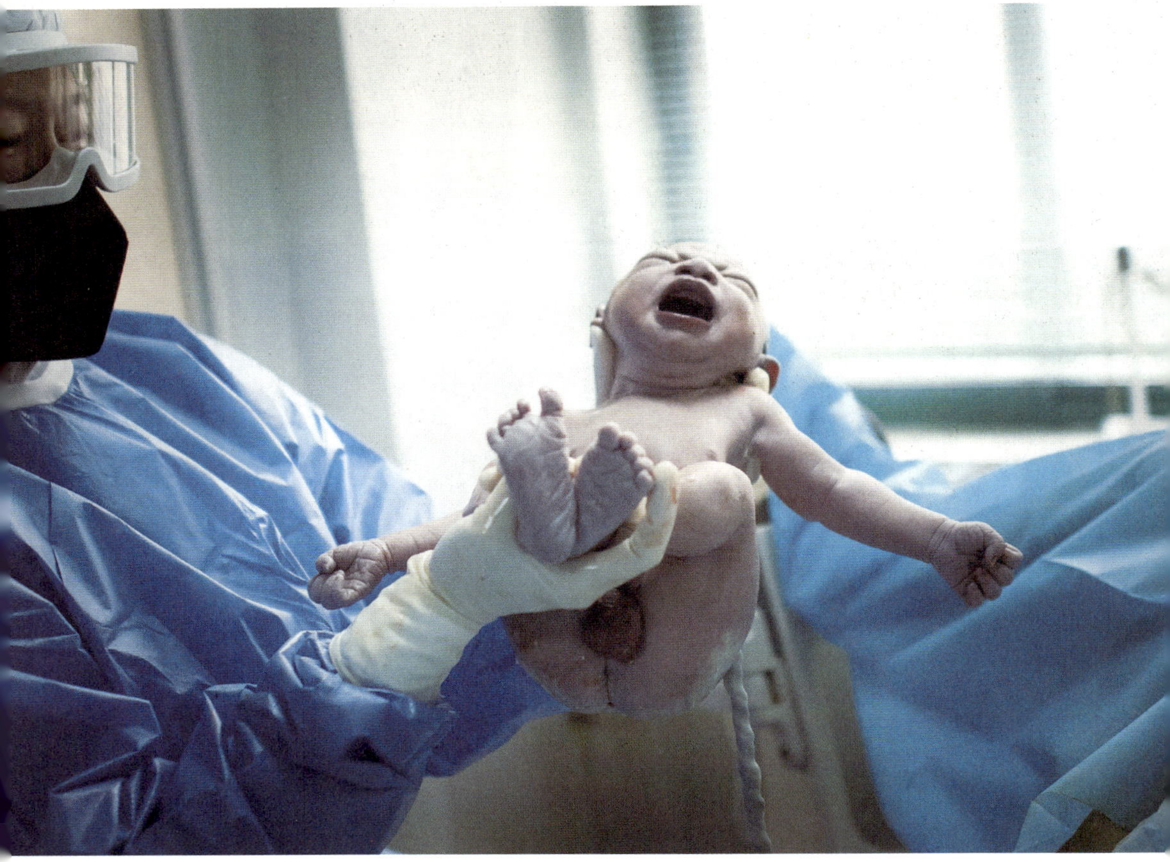

▶ 2020 年 3 月 1 日，在武汉市妇幼保健院分娩室，一名新生儿顺利出生。

尾声

太阳，照常升起

2020年2月18日上午10时许，一位特殊的捐献血浆者来到了武汉市金银潭医院。

她就是本院院长张定宇的爱人程琳，武汉市第四医院的一名护士。

在感染新冠肺炎治愈20天后，程琳来到丈夫所在的医院捐献血浆，希望帮助临床医生抢救更多患者的生命。

根据国家卫健委下发的《新型冠状病毒肺炎诊疗方案（试行第六版）》，“康复者血浆治疗”适用于病情进展较快、重型和危重型患者。

在金银潭医院工作人员的指引下，程琳进行了身体检查。结果显示，她符合捐献血浆的要求，随后走进了献血室。30多分钟后，程琳成功捐献了400毫升血浆。

此前，程琳康复出院后，在家与家人隔离休养，已经期满20天。其间，她得知张定宇在金银潭医院尝试用血浆中合抗体疗法来抗击新冠病毒，并向社会呼吁康复者捐献血浆。

于是，她做出了捐献血浆的决定。程琳明白，自己这么做，既是为了挽救更多患者的生命，也是想丈夫张定宇心中所想。

截至4月14日，全国已经采集了超过2000份新冠肺炎康复者恢复期血浆，在临床上应用超过700例，显示出很好的治疗效果。

时间拨回到2020年2月14日早晨。

14日7时34分，深圳东至岳阳的K9004次列车刚刚到站，早早等候的岳阳市交通运输综合执法支队4名执法人员和岳阳火车站行包房工作人员立即开始对车上的一箱箱物资进行卸货装运。

两个小时后，9时30分，59箱广东医疗物资及时被护送到湖北省洪湖市螺山收费站，与该市防疫指挥部进行了顺利交接。

这是广东省南方医科大学南方医院运出的前方一线急需物资。此批物资包括贵重的医疗器械，其中一台可视镜价值10多万元，还有保暖衣和成人纸尿裤等医护人员生活用品。

从岳阳市区至湖北省荆州市洪湖市沿途，通过执法车在前引路护航，执法人员将贵重的医疗器械和易碎物品抱在怀中，历时两个小时，将59箱医疗物资完好无损如数交付给洪湖市政府办公室朱主任。

一场生命的接力，就这样快速地展开。

在抗击疫情的关键时刻，一路路援兵、一批批物资、一份份温暖，从祖国四面八方汇聚到战“疫”前线，共同吹响总攻的号角。

在痛苦与灾难背后，总有这样涅槃重生的力量，昭示着这样一个道理：千百年来，中华民族经历了多少风风雨雨，仍旧昂然屹立于世界的东方，因为任何艰难困苦都打不倒英雄的、伟大的中华民族。

经历千百年的沧桑，今天的武汉，就是中华民族挺立在抗击疫情前线的一座雕像。

生与死，痛苦与坚韧，顽强阻击与八方驰援……这座历经辛亥炮火、抗日烽烟、特大洪水等无数历史考验的城市，在新冠肺炎疫情防控最前线，展开一场命运攸关的英勇斗争。

始简今巨。

4 月 8 日零时，武汉。

当时针和分针交会在一起，武汉长江二桥上的灯光准时显示出“武汉重启，不负春天”字样，江岸高楼上打出了“英雄的城市”五个大字，武汉迎来了崭新的一天。

全国新冠肺炎疫情防控主战场武汉，此时开始解除离汉离鄂通道管控，有序恢复对外交通。

1 月 23 日，为了阻隔新冠病毒，武汉这座拥有 1000 多万人口的大城市按下了“暂停键”，毅然关上了自己的“大门”。

走过抗击疫情的“至暗时刻”，疫情防控形势积极向好，武汉从最高峰的一天新增 13436 例病例，一步步走出“劫难”：

——3 月 11 日，武汉新增确诊病例数首次降为个位数；

——3 月 17 日，疑似病例数首次清零；

——4 月 6 日，“封城”两个多月后，武汉新冠肺炎新增病亡病例数首次为“0”；

——4 月 18 日，武汉疫情风险等级评估整体已降为低风险；

——4 月 26 日，武汉在院新冠肺炎患者清零。

国家卫健委主任马晓伟说，这标志着以湖北、武汉为主战场的疫情防控阻击战取得阶段性重要效果；标志着我国新冠肺炎治疗水平处于国际前列；标志着我国近年来重症医学、呼吸道传染病救治等达到了一个新水平。

“武汉给世界带来了希望，即使是疫情最严重的情况也能扭转。”世界卫生组织总干事谭德塞这样评价武汉为世界所作的贡献。

最新一期的《科学》(*Science*)杂志，刊登了由美国、英国、中国科学家共同完成的研究论文，论文指出，截至 2 月 19 日，中国有 3 万例确诊病例，课题组专家采用案例报告、公共卫生信息、手机定位追踪等研究方式，结果表明，如果没有武汉的封城和全国的紧急应对，武汉以外应该有超过 70 万例的确诊病人。

李湘湘是中南大学湘雅医院重症医学科的一名护士。1 月 26 日中午，正在与母亲逛街的李湘湘接到医院通知，拟选派 5 名医护人员组成医疗队驰援武汉。她看了看身旁的母亲，默默地报了名。

一天之后，李湘湘随队出征。

在来到武汉满一个月的2月26日这一天，李湘湘在日记中写下：

“在这里的日子，也曾有过孤独、寂寞和彷徨，但是都是短暂的，因为没有时间让我去伤感和忧愁，我的时间被不停的抢救、操作、照护所填满，我必须铆足干劲、奋力拼搏才不虚此行，才不辜负祖国和人民对我们的期望。”

“在这里的日子，我们渐渐被四面八方的爱心包围。我们发现，越来越多的爱心人士和志愿者给予我们医护人员提供各种各样的帮助和关爱。这些扑面而来的爱意，让我看见了同舟共济的中国力量和越是艰险越向前的中国精神……”

武汉“封城”之后，留在城里的有上千万武汉市民，有中转旅客，还有成千上万像李湘湘一样来这里驰援一线的“白衣战士”。

3月17日起，各省份支援湖北医疗队开始分批次有序撤回。“谢谢白衣天使”“英雄一路顺风”……阳台窗边、道路两旁、机场车站，湖北人民以各种方式致敬“白衣战士”，感恩的话语在一座座城市上空久久回荡。

历时近三个月艰苦卓绝的奋战，以武汉市为主战场的全国本土疫情传播已基本阻断，防控工作取得阶段性重要成效。

历时近三个月万众一心的抗疫，14 亿人凝聚起磅礴力量，千万武汉人默默坚守，英雄城市浴火重生。

“街道口的风，撩醒了夏虫，竹床上的小孩做着梦；热干面糊汤，一样的吃相……我爱我的武汉。”

疫情期间，一首名为《武汉伢》的歌曲火遍互联网。

很多网友留言，等疫情结束以后，想早起吃一碗热干面，在武汉街头好好逛逛，那时的自己，必将更加明白生命的意义，珍惜当下的时光。

4 月 8 日早上六点半，武汉人的“过早”时间。

以经营热干面闻名的老字号小吃“蔡林记”吉庆街店在此时收到了第一份订单。虽然还不能堂食，但有不少顾客在早餐店外排队等候。

“属于武汉人的乐趣又回来了。”时隔两个多月，李雯牵着两岁的宝宝出来“过早”，“味道还和以前一样好”。

此刻，期盼已久的春天，终于到来。

“当、当、当……”4 月 29 日，近百日后，“天下江山第一楼”武汉黄鹤楼景区恢复室外区域开放。蛇山之巅，祈福禳灾的钟声重新敲响。

渡尽劫波再出发。

这钟声，穿越幽暗、坎坷与曲折，同样穿越英勇、顽强和超乎想象的坚韧。钟声，传递的是信心，是希望，更是一座城在历经风雨后的奋起之志！

当前，随着湖北保卫战、武汉保卫战取得决定性成果，湖北省疫情防控已由应急性超常规防控向常态化防控转变。各地党委政府也在进一步落实属地责任、明确岗位责任，着力把依法防控、科学防控、联防联控的各项措施夯实，再夯实。

武汉、湖北的战“疫”，正是中国战“疫”的缩影。

从九省通衢的武汉看神州大地，马路和街道逐渐变得喧闹，嘈杂市井升腾起熟悉的烟火气，工厂机器再度轰鸣，一茬茬秧苗插进田里……从生产一线到田间地头，中国人民在砥砺奋进中放飞新的希望。

“将滞后的工期抢回来！”海南百万吨乙烯项目、武汉市1326个亿元以上重大项目……一批国家重点科技专项、超级民生工程、外资标杆项目重现往日繁忙景象。

“穿过大半个中国去接你！”休过“最长春假”的湖北省逾千万农民工陆续踏上复工路，多地开行专车、专列，甚至包机，帮助农民工返岗、企业复产。

“有一分热，就发一分光！”物流通八方、云招聘会开起来、助农直播场场火爆……每一个岗位、每一个普通人都在做着力所能及的贡献。

正如习近平总书记所说，这次新冠肺炎疫情，是新中国成立以来在我国发生的传播速度最快、感染范围最广、防控难度最大的一次重大突发公共卫生事件。对我们来说，这是一次危机，也是一次大考。经过艰苦努力，目前疫情防控形势积极向好的态势正在拓展。实践证明，党中央对疫情形势的判断是准确的，各项工作部署是及时的，采取的举措是有力有效的。防控工作取得的成效，再次彰显了中国共产党领导和中国特色社会主义制度的显著优势。

我们坚信，在以习近平同志为核心的党中央坚强领导下，从政府部门到社会各界，从医疗机构到交通物流，从生产企业到返岗上班者，不断激发出同舟共济、共克时艰的力量，这场齐心协力的疫情防控人民战争、总体战、阻击战一定能取得最终胜利。

至于人类与病毒之间的战斗，这不是第一次，也一定不会是最后一次。

请让我们以《流感病毒——躲也躲不过的敌人》中的一段话来收尾："人类或许可以战胜病毒，而不能消灭病毒。一个早发现病毒感染的人，能够提升临床医治能力；一个早发现病毒的地区，能够创建好的公共卫生环境；一个早发现病毒的国家，能够为疾病防控提供对策；一个早发现病毒的世界，能够为全人类带来健康。"

▶ 2020 年 4 月 8 日，乘客在轮渡上欣赏江景。当日，武汉市解除离汉离鄂通道管控措施，有序恢复对外交通。暂别 76 天的武汉轮渡正式复航。

2020 年 4 月 8 日凌晨，车辆通过武汉北高速收费站。当日，武汉解除离汉通道管控。

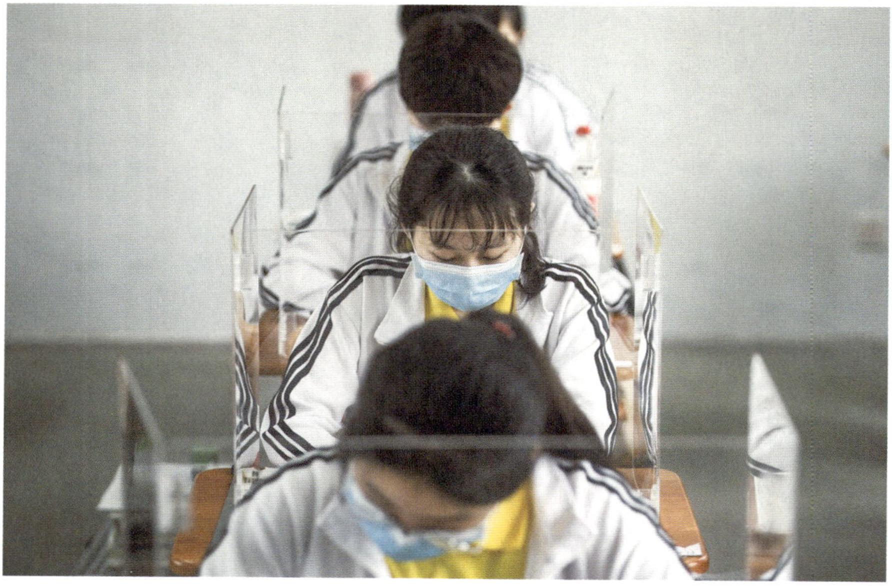

▶ 2020 年 5 月 6 日，武汉市第二十三中学的高三年级学生在教室自习。当日，武汉首批 121 所学校高三年级正式复学，学生返校上课。

附录一

致敬最美"逆行者"

1. 金银潭医院院长张定宇：是医生，更是命运的舵手

张定宇是个医生，但绝对算不上顶尖的那种。正因为如此，他更像平凡的我们，或是身边的某个人。患上渐冻症近两年，又突然置身一场大疫的“风暴眼”中，他终于撕开命运本已设定好的平凡假象，露出属于勇者的铮铮铁骨。

张定宇生于1963年，属兔，是正宗“武汉伢”。20世纪80年代初，他考上当地最好的医学院——原同济医科大学，学临床医学。5年后毕业，去了当地一家医院工作，边工边读，得到提拔，最高学历是博士，2013年到武汉市金银潭医院当了院长。那时，他已到知天命的年纪。

这是一位典型60后的人生轨迹，踏实、上进，逐渐成为单位骨干。如果没有意外，他会以金银潭医院院长的身份退休。

张定宇的家庭也很普通。他的妻子在武汉第四医院工作，他们有一个女儿。在医生圈里，这样的夫妻档很常见，最大的问题是两个人工作都很忙，平时很难顾上孩子。

直到新冠肺炎从武汉席卷全国，人们才发现，有一个人，带

着一群“兵”，已经在病毒肆虐的最前线鏖战了20天。

从2019年12月29日的“不明肺炎”，到2020年1月20日钟南山宣布“确定人传人”，张定宇守住了他的阵地。他以多年从事传染病防治的职业敏感，判断出这不是普通的传染病。在最初的流行病学调查中，正是他率先采集支气管肺泡灌洗液样本送检，为确定病原赢得先机。

迅速隔离、开辟专门病区、完成清洁消毒、紧急调配设备物资人员……事实证明，这一系列“教科书般”的操作让金银潭医院没有出现大面积院内感染事件，稳定了武汉抗“疫”的主阵地之一。

在全国医疗队驰援之前，院里病人数量激增，医护人员疲惫不堪，医院犹如暴风雨下的孤舟。这位“船长”对手下说了这么一段硬核的话：我们必须应对这件事情。我们已经站在一个风暴眼上，必须保卫我们的武汉，保卫武汉人民！

至此，这位外表粗犷、长着两道醒目浓眉的医生汉子，站在了全国聚光灯下。

人们这才吃惊地发现，这个人是在打一场怎样绝望、艰苦的战役！因为患有极为罕见的渐冻症，他的生命正在倒计时；他的爱人患上新冠肺炎，在另一家医院生死未卜；他的肩头一头担着打仗的兄弟姐妹，一头担着近1000名感染者的生死！这一切，他从未主动对人说起。

他的同事甚至不敢相信。“他明明走得好快！”北七病区护士长贾春敏记得，一次张定宇给她打电话：“五分钟后到北7楼！”等她一路小跑赶到的时候，到北7楼距离更远的张定宇已经站在那里等着她。

浓眉，黝黑，风风火火的硬汉——是张定宇大半辈子的标签。如今在他动如风火的工作模式下，其实他连穿脱防护服都需要同事帮忙，上下楼必须紧紧抓着扶手。“生命留给我的时间不多了。我必须跑得更快，才能跑赢时间，把重要的事情做完。”

很少有人注意到，在他粗犷的外表下，其实藏着一颗温柔的内心。他的老同学、孝感市中心医院副院长沈雄山记得，在大学读书时，张定宇就是班里的团支部书记，对大家的事情非常热心，大大咧咧的性格到现在也没变。

他有医者的火热心肠。从医33年，他曾随中国医疗队出征，援助阿尔及利亚；汶川地震后第三天，他带领湖北省第三医疗队出现在重灾区什邡市；他是湖北省第一位“无国界医生”，曾在巴基斯坦西北的蒂默加拉医院抢救过一位大出血的孕妇……

妻子入院三天后，张定宇晚上11点多才跑去探望了半个小时。在路上，张定宇的脸颊忽然一阵滚烫，那是止不住往下流淌的泪水。

“我很内疚，我也许是个好医生，但不是个好丈夫。我们结婚

28年了，我也害怕，怕她身体扛不过去，怕失去她！”

2018年10月，张定宇确诊患上了肌萎缩侧索硬化，也就是渐冻症。在央视对他的采访中，有这么一段对话：

“为什么这次选择说了？”

“当天来了很多上海和北京的医疗队，医疗队里面有很多大牌的专家，别人下个楼你总该送别人一脚两脚之类的，我下楼梯的时候特别困难，所以我一般就蛮少能够去送这些专家，总是感到心里很忐忑。所以呢，我还不如就这个机会告诉大家，不是不尊重大家，而是我确实不方便。

“另一方面呢，我也是想告诉我们的同事，只要我们能够，把自己能够扛起来，自己能够担着这些东西，往极限去伸展的话，我们肯定还是能够做到一些事情。”

随着全国医疗力量驰援武汉，火神山、雷神山医院相继建成，张定宇肩头的担子轻了一些。1月29日下午，他的妻子痊愈出院，这让所有关心张定宇的人都松了一口气。

其实，何尝能甘心？

刚知道自己得了绝症的张定宇，也曾恐惧、痛苦和沮丧过。有两三个晚上，他怎么也睡不好。“我喜欢做事情，也很热爱生活，然后突然有人告诉我，你前面的路不会太远，不可能再走多长时间。”

但命运就是这样，它的多变，甚至超过世上任何精彩的小说，以至于南美文学巨匠加西亚·马尔克斯感叹：“如果不能确知命运指派给我们怎样的角色和使命，我们就无法继续活下去。”

但57岁的张定宇守住了当守的“道”，打完了当打的仗。他把命运的舵盘牢牢地握在自己的手中。

2. 火神山医院建设者毛元斌——是“基建狂魔”，更是平凡的英雄

腊月二十九，晚上 7 点，武汉市红安县。35 岁的毛元斌收到了中建三局带班同事的微信：“公司现在组织我们去抢建火神山医院，来不来？”他直接回了一个字：“好。”

火神山医院是武汉为了应对新冠疫情，仿照北京“非典”时期“小汤山模式”兴建的定点收治医院。疫情如火情，这个总建筑面积超过 3 万平方米的“战地医院”，有一个看似不可能完成的“进度表”：从开始设计到建设完成，只有 10 天。

毛元斌一家四口正准备过年。家里的孩子才出生 50 多天，老婆身体不好，他一走，家里只有 60 多岁的老父亲照看。但一家人听到这个消息，什么也没多说，只是赶紧张罗饭菜，想让他第二天一早吃了“年夜饭”再走。毛元斌说，怕开工需要人，不吃了。

县里有两个挖掘机工友同去。毛元斌拿了一双鞋、一件袄子，开着自己的小车，去接他们。晚上八点多，小车冲破夜色，疾驰在红安县去武汉的高速路上。

80多公里的路，因为交通封锁，他们开了三四个小时。晚上11点40分，毛元斌把车扔在目的地附近的荒地上，走向灯火通明的工地。一位施工人员迎上来，告诉他，马上开工。

这里是武汉蔡甸区知音湖边的一块荒地。他的任务是推平一片小树林，“油门开到最大，停人不停机！”毛元斌二话没说，跳上一台神钢SK200-10挖掘机，从半夜12点干到了大年三十早上10点。

那天夜里下着蒙蒙细雨，天气很冷。但毛元斌回忆不起这些细节，只记得心情激动，没有一丝睡意。当时只有三四台挖掘机，工友们没有打招呼，沉默着如竞赛般推进，直到有人敲车窗户让他们停下来休息。

来之前，毛元斌一直关注有关疫情的报道。红安县也未能幸免，好在他的亲朋好友都没有坏消息传来。这让他觉得，幸运的自己理应站出来，承担更多的责任。

有人给他们送来热的盒饭。毛元斌三人就在空地上吃起来，然后去现场停着的一辆房车上休息。下午一点多，他们又回到驾驶室。这一次，毛元斌一直工作到了大年初一凌晨两点多。“年夜饭”就在驾驶室里随便吃了两口。

越来越多的挖掘机加入，机器轰鸣声响彻工地。毛元斌是2012年跟老表学开挖掘机的。这门手艺共八套动作，入门不难，但一个好的挖掘机师傅需要懂得服从，性格坚韧，理解力强。他说，像建设火神山医院这样不眠不休赶工期的工作节奏，之前也遇到过，还算适应。他最高纪录干过一天一夜没出驾驶室。

数据显示，仅除夕当天，火神山医院施工方累计平整全部场地 5 万平方米，相当于 7 个足球场大小。开挖土方 15 万立方米，足以填满 57 个标准游泳池。

“头一天去，工地还是一片沼泽地，推土机进场都快陷进去了。第二天早上再看，土堆已经推平，沼泽地被填实，完全看不出之前的模样了。”一位技术人员在微信朋友圈中感慨。

在与疫情赛跑的“火神速度”的背后，是数千个像毛元斌这样的普通工人和家庭毫无怨言的付出。最高峰时，工地上有 7000 多名工人，800 多台挖掘机、推土机等设备同时作业。云平台上的“挖掘机指数”显示，有的设备作业时间一天内激增 11 倍，有的设备的作业时间直接“爆表”，达到一天 24 小时超负荷运转。

整整三天三夜，几乎不眠不休。在这场极度压缩时间和空间的战役里，挖掘是第一仗。毛元斌和工友们已经忘记“天”“星期”“初几”的概念，只有班次、小时、进度。他已经记不起“战斗”具体在几点几分结束。只记得挖掘工程完成时，他回到武汉的公司里洗了个澡，倒头就睡，睡了近一整天。

2 月 3 日，大年初十。毛元斌开车回家了，他的鞋子、袜子和头发、脸上，全是洗不掉的泥点和油渍。就在前一天，火神山医院落成。他在公司看电视直播，大家都很激动。他的微信里，塞满了亲朋好友的点赞和祝福，大家说他是个英雄。

但毛元斌并不觉得自己是英雄，他说电视新闻里报道的那些医务人员才是英雄。“我说，我怎么就没去学医呢？感觉他们才是最辛苦、最累的。”

回家前，毛元斌向公司申请了几百个口罩、一大桶 84 消毒液，带回来分给了乡亲们。回家后第一件事就是痛快地洗了个澡，换下脏衣服。由于需要隔离 14 天，他只能戴着口罩远远看孩子。见毛元斌平安回来，家人高兴之余也问他有没有不舒服的感觉，让他勤量体温，按时上报村里。

虽然有些不方便，但一家人总算团聚了。

封城给武汉人、红安县人带来许多不便。毛元斌家也不例外，孩子喝的奶粉到处都断货了，在网上买了也运不过来。他准备找村委会帮忙，实在没办法，“就换其他奶粉先抵一下”。

毛元斌希望疫情能快点过去，让大家恢复以前“那种轻松的情绪”。作为家里的顶梁柱，新一年的生计、孩子的口粮都压在他的肩头。他说，等疫情结束，最想做的第一件事就是赶紧工作。

3. 首批治愈出院者胡耿诚——相信医生，坚信自己

胡耿诚是华中科技大学附属协和医院消化内科主治医师，也是此次疫情中，武汉协和医院首批3名出院的感染医护人员之一。

如今，胡耿诚仍在家里隔离休养，感觉呼吸和体力还要恢复。“出院以后，最大的问题是盗汗，身上不停地流汗。我猜这还是体质虚弱的问题，因此有时我会吃一些中药，现在感觉好多了。但走远路、搬重东西肯定还是差一点。”

他的妻子也是医务人员，虽然担心，但还是比较乐观理性。他们把一岁多的孩子送到父母那里，耐心等着迈过这道“坎”。

“出院之后，首先肯定是要隔离。虽然自己没事了，但是也不一定说完全没有病毒残留，所以一是保护自己，二是保护家人，再就是保护同事。”胡耿诚说，现在就想尽快休养好，等身体状态好了就去上班。

胡耿诚是在2020年1月11日感到身体不适的。他推断，可能是在做手术的时候和新冠肺炎患者肠胃道中的液体有接触，导致感染。“因为我们是消化科，有那种胃肠镜，还有很多新冠肺炎

患者是以胃肠道症状出现的，所以我可能是和患者的胃肠道的液体有接触，就感染了。”

一开始，胡耿诚简单吃了点感冒药，后来突然发烧，让他意识到了问题的严重性。

“一开始发病的时候，就跟感冒一样，乏力，稍微有点畏寒，肌肉酸痛，没有咳嗽咳痰。所以我认为是感冒，可能当时病情不重，吃了点药感觉还可以。”他回忆说，后来一下子开始出现高烧，38摄氏度多接近39摄氏度。因为吃了感冒药后没有好转，这个时候他才感觉病情可能加重了。

1月20日，钟南山院士在接受采访时披露确定新冠病毒“人传人”、14名医务人员感染事件，引爆舆论。

1月21日，胡耿诚做了鼻试，核酸检测为阳性，正式确诊。“因为自己是医生，所以我还是十分淡定的，该怎么治就怎么治。”他说。谈起很多人对新冠肺炎感到恐慌，得了病就觉得是“世界末日”到来，胡耿诚认为主要是因为大家对新病毒还不了解，“人们对不了解的东西，当然会有点怕嘛！”他举例说，其实每年的流感也很严重，也会死人，但因为见到身边的流感病人也多，大家就没那么怕了。

作为首批痊愈出院的人之一，他希望就此告诉被确诊患者：第一，害怕不能解决问题。第二，恐惧反而可能影响治愈率。“害怕肯定会影响你的心态，心态不好的话就会影响抵抗力的。而这个病治疗的关键，就是要靠提高自己的抵抗力。”

疫情暴发后，武汉协和医院成为收治发热患者的定点医院。胡耿诚与并肩战斗的同事，变成了病患关系。而这种角色转换，让他更能积极配合治疗，也因为了解，减少了很多不安。“我会把自己的感受、身体状态及时向医生反映。另外我也懂医，看见该用的药都用上了，就没什么好担心的。”

胡耿诚说，他最主要的症状就是发烧，最严重的时候烧到了39摄氏度多。“主管医生给我上了短期的激素，用丙球蛋白，同时用一些抗病毒、抗感染的药，对症支持，用了大概两天，体温就下来了。”

因此，他告诉大家要相信医生。“目前还没有特效药，主要就是对症支持治疗。要相信医生的判断，如果医院都治不好你，还有哪里能治好呢？”

那么，治疗之后会不会像SARS那样留下后遗症？胡耿诚说，他不担心。因为从个人治疗经历来看，他没有看到大剂量使用激素类药物。从目前来看，肺部的病变是可以吸收的，也没有造成大面积的肺纤维化。“我觉得它就是一种肺炎，只不过它的病原学是不一样的，是我们没见过的。”

退烧后，药物慢慢地减量。胡耿诚又被观察了几天，复查核酸，连续复查了两次，中间隔了一天，都是阴性。他出院了。

这时，身为医生的他认真解释：媒体所说的“治愈”，往往是以出院为标准，其实是不准确的。就像骨折一样，出院只意味着病情好转，不需要继续在医院治疗，可以在家继续观察、恢复。新冠肺炎患者的完全康复，因人而异，需要的时间也不一样。

如今，胡耿诚感到深吸气的时候还是有些气短，呼吸到一定程度还是会咳一下。“可能肺功能还是有一定的受损。”他觉得，这起码需要 3~4 周来恢复，如果是重症患者的话，可能需要的时间会更久。

回首这个城市近来走过的历程，还有自己患病的过程，胡耿诚反思，最重要的经验有两个：一是要建立良好的预警体系；二是做好应急措施。“这两条做好了，也许就能更好地避免类似的情况。”

如今，“宅”在家的胡耿诚依然关注着疫情的进展，也有时间思考很多事，如疫情前后医患关系的变化。即使遭遇了极大的危险，胡耿诚依然热爱医生这份职业。此前，因为暴力伤医杀医事件，令整个行业陷入巨大的怀疑中。“每个行业都会遭遇挫折。如果遇到挫折就换一行，好像也有问题。”他说到目前为止，还是无怨无悔地选择做一个医生。

这位医学博士用典型理科生的口吻分析道：“现在把我们医生称为英雄，但疫情过后，很多事情不会一下就有太大改变，想要一步完美是不可能的。只要不断有改进就好，我真是这样想的。”

4. 志愿者刘邱斌——是网约车司机，也是“摆渡侠”

3个月前，30岁的刘邱斌因为服装生意不景气，转行当了滴滴车司机。如果没有这场疫情，他会一边接点活，一边陪着外公外婆，跟亲戚、朋友聚聚，像同龄人一样度过这个春节。

谁也不会想到，疫情陡然升级，武汉史无前例地宣布封城。私家车禁行，网约车平台也停止了武汉地区的接单，刘邱斌的第一反应是：回家吧！他是外公外婆带大的，听说老年人是易感人群，很是担心。

除夕上午，他收到滴滴武汉车队队长的微信，说公司要征集司机组建“医护保障车队”。刘邱斌没跟家人商量，立刻报了名，“医护人员冲在一线，总得有人接他们上下班吧，那就我来吧！”

当天下午，他领取了防护服、医用口罩等，接受了安全防护的培训，包括拉链要拉到位、怎么戴口罩和摘口罩、怎么处理防护服和用过的口罩。大雨中，气氛渐渐凝重，连最爱开玩笑的人也开始认真演练，这让刘邱斌蓦然有种上战场的感觉。

除夕，刘邱斌索性没回家，把姑姑包的猪肉菜饺权当年夜饭。

他回忆，以前自己只顾着紧盯着手机“趴活”，而现在生怕错过了车队随时发送的消息。初一凌晨两点，“叮”的一声，微信群里发出了当天需要接送的医护人员名单信息，他抢到了第一个任务单，是去武汉协和医院，接一位下班的护理人员。

定好闹钟，起床，穿好隔离服，戴上护目镜和手套，为车子消毒……刘邱斌到了指定地点，接到了这名特殊的乘客。从此，他开始了从各家医院到城市各处的“摆渡”生涯。

土生土长的武汉小伙刘邱斌从没有看过这样的武汉：街道空无一人，城市空旷寂静，往日繁忙的路口畅通无阻。有时，深夜开车飞驰的他甚至有一种错觉，感觉自己是在科幻电影里发生“异变”的城市里正在与危险搏斗，赶着送去一份微小而灼热的力量。

接送医护人员也有早晚高峰。刘邱斌一般早上 7 点前就出门，晚上 10 点左右才回家，从大年初一就如此。穿着黄色的连体防护服吃饭、上厕所都不方便，而他要在回家之前整天穿着，时间久了就觉得很闷。

“每天一般要接十几单，中午会闲一点。”闲的时候，刘邱斌会把车开到医院附近，稍稍休息一会儿，也方便及时响应医护人员的用车需求。他还在车上准备了很多泡面，找不到吃饭的地方，就在车上吃泡面。

疫情期间，频繁接触医院、医护人员，刘邱斌很清楚其中的风险。尤其在防护物资匮乏、医院超负荷运转的那几天，所有人都神经紧绷，不知道最坏的情况会是怎样。不久前，坏消息传来，有一家帮医院和医护人员运送物资的志愿者车队的成员，因感染新冠病毒去世了。

但刘邱斌反而不怕了。“做好防护就行，而且和医生相比，我们算安全的。”他注意到，很多医护人员上车之前都会用随身携带的酒精消毒车把手，上车后和下车之前都会认真给车内座椅消毒一次，这让他心里暖暖的。有时，他们还会给刘邱斌留下一点水果，提醒他多吃水果，增强抵抗力。

每天接送医护人员，让刘邱斌深切地感受到这个群体的压力和疲惫，更能感受到他们的真诚与善良。他曾接到一个护士，上车时情绪低落，原来当天是她的生日，家人希望她能回去，给她过生日，喝鸡汤，但是她怕回家万一出现问题，最后还是“狠心”回到医院安排的住宿点。

大年初四，刘邱斌送一个医生去武汉中心医院。这家医院是专门接收重症病患的。离医院还有一段距离的时候，这个医生就让刘邱斌靠边停车。原来，现在疫情严重，医生担心司机师傅被传染，说这段路自己走过去就行。

因此，刘邱斌接送他们时，会在上车时第一时间观察他们的精神状态。他们不在一线时就比较放松一点，他会像平时那样聊聊天，开开玩笑。遇到一线的医护人员，他会尽量不打扰他们，但会用充满笑意的眼神和上扬的语调，默默给他们能量。

刘邱斌的表妹是武汉儿童医院的一名护士。春节前，他和表妹本约好在除夕这天，一起回外公外婆家吃年夜饭。如今，他们双双失约，没有喝上外婆亲手炖的排骨莲藕汤。两个年轻人约好，要照顾好自己，打赢这场战“疫”再聚。

每一年，刘邱斌的外婆都会在大年三十下午，小火慢煨着炭火炉，让整个屋子里都弥漫着排骨莲藕汤的香味。“三岁起，每年都喝。年三十喝排骨莲藕汤，初一喝香菇粉丝鸡汤。”他希望疫情赶紧结束，给外婆带去她最爱的大白兔奶糖。

这个喜欢看漫威超级英雄系列电影的年轻人，最喜欢的超级英雄是蜘蛛侠。这次疫情让他看到了太多身边的“英雄”，也让他对那句经典台词“能力越大，责任越大”有了更深刻的理解。

“我就当个‘摆渡侠’吧，医护人员战斗在最前线，我就是那个风雨无阻护送他们上战场的人。”刘邱斌笑着说。

5. 美团外卖女骑手刘俊平——渺小而重要的存在

武汉，九省通衢的繁华都市，如今陷入了冰火两重天的僵持：一边是救人如救火的紧急，就诊的排长队，医生连轴转；一边则是空旷的马路和稀疏的车流。

但有一些人，总出现在空空荡荡的大街上。他们是这座城市庞大而病弱的躯体上渺小的个体，但正是因为他们的存在，才让这座骤然减速的庞大城市能够尽量维持运转。

2020 年 1 月 23 日，“封城”的消息传遍了武汉的大街小巷，也传到了美团武昌火车站站点站长刘俊平的耳中。

刘俊平是美团少有的女站长。2017 年她加入美团，当外卖骑手一年多，由于表现优异，2019 年升为站长，负责位于武汉市洪山区福安街向阳佳苑的美团武昌火车站站点，管理着站点 60 多名骑手。

封城之际，是走还是留？一边是等待和她团聚的丈夫和女儿，一边是自己的团队和站点周围的客户。

过节与工作，孰轻孰重？她早已答应了女儿今年回老家孝感市一起过年，可站长的责任却也是她无法轻易抛下的。

关键时刻，刘俊平决定留下来，和在武汉过年的骑手们共渡难关："非常时期站里缺人手，我是站长，我选择留下。"

可女儿不干了。大年三十这天，本该是妈妈回家的日子，可刘俊平却在和女儿的视频中告诉女儿，自己不回去了。

10岁的女儿听到这个消息的一刹那瞬间崩溃，在视频里又哭又闹："妈妈不守信用，我讨厌妈妈！"

刘俊平听了这话又难受又心疼，只得一遍又一遍地安抚女儿。

丈夫也问她：早就答应好了回家过节，怎么反悔？

刘俊平尽量轻描淡写地解释：大过节的，本来人手就紧缺，缺了人送外卖怎么行？作为站长，别人回家我不能拦着，没人送的话，自己就顶上。

嘴上轻描淡写，可行动上却不能马虎。

保障外卖骑手们的健康，就是保障武汉百姓的健康。每天早上八点半，刘俊平准时到站点开门，给骑手们量体温，带领骑手进行餐箱消毒、站点消毒，然后给每个人胸前都挂了外卖安心卡，记录当天的健康状况。

准备工作做完，就到了一天当中接单、派单的繁忙时刻。

在空旷的武汉街头，外卖骑手成了最特别的存在。

很多便利店虽然开着，但普通民众不能进去买东西，店家用箱子拦住门口，门上贴着纸条：只接外卖。在这种情况下，居民只能在网上下单，然后由店员打包好放在门口，外卖员拎了就走，确保“无接触取货”。

疫情期间，大部分餐饮店都关门了，与以往不同的是，日用百货、蔬菜食品、防护用品、药品订单倍增。从零食、烟、消毒液，到各种冷冻速食、新鲜水果蔬菜，超市和药店成为外卖小哥跑得最多的地方，订单金额往往也比较大，几百元、上千元都有。刘俊平和站里的其他骑手就这样奔波在为市民采购生活物资的路上，成为他们与外界联系的重要渠道。

特殊时期，外卖骑手们感受到最多的，除了全城的安静外，还有人心的温暖。

“现在很多小区都不让进，外卖都是放在小区门口指定的地方，外卖小哥经常收到一些暖心的短信，‘谢谢’‘小哥注意安全’之类的，还有居民在门把手上挂了口罩送给我们小哥。”刘俊平说，大伙儿觉得自己的辛苦没白费，站里也有回老家过年的骑手，都说想回来。“每天都有人跟我说，要回武汉，和我们一起。我只能劝他们，不要急，现在路都不通。一切总会好起来的。”

有一次，顾客下单后，刘俊平像往常一样接了单，对方一个电话打了过来：

“你不用急，可以慢慢送，我就在楼下等你。”

等刘俊平到了楼下，发现顾客真的就站在那里等着。不仅如此，这位买了两份水果的顾客执意塞给刘俊平一份，虽然刘俊平没要，但顾客的举动让刘俊平很感动。她开始意识到，在这个特殊时期，像她这样的外卖骑手也可以发挥重要的作用，解决人们的燃眉之急，同时也让人们对外卖骑手的工作有了更多的理解和支持。

1 月 27 日，美团启动了武汉医护人员紧急专供餐行动，联合商家为医护人员免费提供餐品，由于行动需要大批司机，美团面向内部招募志愿司机。刘俊平得知消息的第一刻，想都没想就报了名。

“虽然大家都说医院是重灾区，很多人不敢去，但我不怕，站里配备了口罩和防护服，况且医生们那么辛苦，我们必须尽全力给他们最大的支持。”刘俊平说。

刘俊平始终记得，当她和同事把餐品送到医院时，医院取餐的负责人非常感动，口中不停地说着“谢谢”，却始终离骑手们有四五米远，反复叮嘱不要靠他太近，怕把病毒传给骑手们，还嘱咐骑手们一定要保护好自己。

接下来几日，刘俊平开着车奔驰在武汉街头，为医护人员送去一份份暖心的餐品。同时，她还主动与武昌火车站附近的餐饮商户沟通，为旁边的武汉大学人民医院免费送餐。一些爱心商户纷纷响应，一份份爱心逐渐汇聚成冬日里的一股股暖流。

在忙碌奔波间，转眼已过一个月。

一个月来，国家调集全国医护人员力量驰援武汉，疫情逐步得到控制，骑手们也从下单量上切实感受到了形势的变化。

“今天要爆单了，比昨天又多了不少。”2 月 20 日上午，美团武昌火车站站点开门才一个多小时，已经收到 100 多单。骑手们实在忙不开，站长刘俊平也戴上头盔，准备出去送餐。

一个月来，刘俊平收到了很多善意的关心与暖心的祝福，但她最亏欠的，还是等着她回家的女儿。“女儿经常打电话，问我什么时候能回去，我只能说等过段时间，再过段时间……”

在武汉封城的这段时间里，总有一些人，出现在空空荡荡的大街上。他们接到了各种各样的订单，遇到了各种各样的人，也被各种各样的温暖所感动。他们触摸着这城市的脉搏，感受着这城市的阵痛，也更加明白了作为这座城市一分子的价值，明白了危急关头守望相助的人间大爱。

6. 他们，战斗在疫情最前线
——全国医务工作者的关键抉择

大年三十，辞旧迎新。在党中央、国务院的及时部署和坚强领导下，一场与新型冠状病毒的战“疫”正在打响，“流动的中国”正全力阻断疫情传播。

疫情就是命令！84岁的钟南山星夜兼程，奔波在疫情最前线；8万名武汉医护人员冲锋在前，留下“最美逆行者”的身影；近1000万名医务工作者化身“白衣战士”，奋战在没有硝烟的战场……

把人民群众生命安全和身体健康放在第一位——全力救治患者，与时间赛跑，是全国各地一线医务工作者无悔的选择！

不喝水的原因

1月23日，一封按满红手印的请战书“刷屏”了——

“17年后的今天，当全国人民正面对新型冠状病毒的肆虐，作为一支有丰富经验、战胜过‘非典’的英雄集体，我们更是责无旁贷……在此，我们积极请战：若有战，召必回，战必胜！”

请战书的落款是2003年曾奉命赴北京小汤山抗击“非典”的南方医院医疗队20多名队员的签名。

请战、出征，义无反顾。

因为没有人比这一群人更加明白时间对于患者的重要性。

2020年元旦当天，武汉市武东医院参加完上级紧急会议后，时间就开始以秒来计算——成立应急指挥小组、专家小组；开展预检分诊、启动发热门诊；开设隔离病房……

武汉市武东医院新型冠状病毒感染的肺炎治疗专家组组长钱燎说，进入隔离病房工作的医生护士们，身体出现了差不多的“症状”——嘴唇爆皮，嗓子眼儿冒烟。

因为，一旦进入隔离病房，就要穿上里三层外三层的隔离服，不等穿上最外层的隔离服时，处于密闭状态的人已经是汗流浃背，气喘吁吁。

水，成了这里医生护士们最馋的东西。

但喝水就意味着要上卫生间，就意味着要走出隔离病房，脱掉隔离服，解决需要后，再穿上笨重的隔离服，重新返回战场。

这一进一出，要耗费多长时间？少说也得半个小时。

为了不浪费这宝贵的半个小时，他们放弃了喝水，忍受着难耐的饥渴，只为赢来救治病患的可能——

哪怕只是多一点点的可能，他们都决不放弃。

没说出口的“抱歉”

新型冠状病毒感染的肺炎疫情在武汉暴发后，武汉市肺科医院第一时间收治了众多患者。恢复健康，是患者最深切的期望。

身为医院防治专家组组长的杜荣辉，在最近1个月时间里，几乎没有脱下那身白大褂。带领团队完善诊疗方案，去重症患者的病房查房，给每一位患者制订适合个体的救治方案……这位50岁的女医生，上班时健步如飞，年轻人都追不上；回家后飞步进门，跟女儿叮嘱几分钟，拔脚就走。

手机经常弹出的信息，多是来自远在新疆的丈夫。2019年11月，杜荣辉的丈夫作为援疆干部，远赴新疆保障边疆平安稳定。为了不让他担心，杜荣辉迄今未告诉丈夫自己早已奋战在抗击新型冠状病毒肺炎疫情一线。

同样在武汉市肺科医院，我们发现了这样一双手——因长时间紧紧箍在双层医用手套里，这双手的10个指头已经肿胀发白。

手的主人，是医院ICU主任胡明。疫情暴发后，ICU团队收治的都是急危重症的新型冠状病毒感染的肺炎患者。由于患者病情危重，他每天仅能休息两三个小时。一台凌晨2点的手术，他担心患者气管插管的体液、血液引发感染，坚持赶走了其他人，仅留下沈斌华医生作辅助，两个人完成了所有气管插管、纤支镜的操作。

这些事，他都“瞒”着同样奋战在一线、在同家医院担任护士长的爱人王洁。而他们 9 岁的儿子，已半个多月没见过自己的爸爸妈妈。

“我很想跟儿子说一声‘抱歉’，爸爸妈妈都不能陪你过春节了……”话没说完，胡明的眼圈红了。

那些没有说出口的话，不知道对方何时会知道。

“简单”的牺牲

2020 年的春节，注定是一个让很多一线医务人员难忘的日子。

腊月二十八的这天下午，广东省中医院二沙分院急诊科主任李芳作出一个决定：退掉了回老家的机票，留在一线救治患者。

她不是没有纠结过。21 日早上，李芳患有糖尿病的父亲被门严重夹伤了脚趾。她深知“糖尿病足”损伤特别容易继发感染；患有慢性肾病的妈妈一早指望着女儿春节回家帮她调养身体，几乎是数着日子等着她。

她实在愧疚啊！只好趁加班的间隙，哭着在朋友圈写下这样一段话：“2003 年，我在 SARS 救治的第一线，17 年后的今天，作为科室的管理者、叶欣护士长曾经的战友，也必须和身边的同事们在一起。在疫病到来之前，未雨绸缪，严控布防，把困难想得多一些，把措施落实得更到位一些，希望每一个人都平平安安！”

此刻，她的脑海里满是抗击“非典”“白衣烈士”叶欣的样子——“这里危险，让我来吧！”在护理“非典”患者的过程中，叶欣总是身先士卒，把最危险、最困难的工作留给自己处理。在那次与“非典”的斗争中，不幸感染病毒的叶欣走了……

因为有离不开的医院，所以才有回不去的家！

一天之后，腊月二十九这天，一张截图在朋友圈传播开来。这是上海瑞金医院呼吸科医生的微信群，科主任时国朝在群里看似“简单”地“圈”了所有人：请大家取消外出旅行计划。

没有解释，没有道歉。

因为时间仍在一分一秒飞逝。

下面，群里30多位群友“列队”作答——

“已取消。”

“已取消。”

“已取消。”

……

当疫情来临，一线的医生们立刻用行动作出了庄严的回答！

毫不犹豫！

有时候，“简单”的牺牲，其实是很大的牺牲。

附录二

中国抗击新冠肺炎疫情大事记

2019年12月27日

湖北省中西医结合医院呼吸与重症医学科主任张继先第一时间上报4个可疑病例。

2019年12月30日

武汉市卫健委印发《关于做好不明原因肺炎救治工作的紧急通知》，要求严格信息上报。

2019年12月31日

国家卫健委凌晨作出安排部署，派出工作组、专家组赴武汉指导疫情处置工作。

武汉市卫健委在官网发布《关于当前我市肺炎疫情的情况通报》称，已发现27例病例，未发现明显人传人现象、未发现医务人员感染。

2020年1月1日

国家卫健委成立由主任马晓伟任组长的疫情应对处置领导小组。

2020年1月2日

中国疾控中心、中国医学科学院收到湖北省送检的第一批4

例病例标本，即开展病原鉴定。

2020年1月3日

国家卫生健康委会同湖北省卫生健康委制订《武汉不明原因的病毒性肺炎诊疗方案（试行）》。

武汉市卫健委在官网发布《武汉市卫生健康委员会关于不明原因的病毒性肺炎情况通报》称，共发现44例病例，未发现明显人传人和医护感染。

当日起，中方定期向世界卫生组织、有关国家和地区组织以及中国港澳台地区及时、主动通报疫情信息。

中方开始定期向美方通报疫情信息和防控举措。

2020年1月7日

中国疾控中心成功分离首株新冠病毒毒株。

2020年1月8日

国家卫健委专家评估组初步确认新冠病毒为疫情病原。

2020年1月9日

中方向世界卫生组织通报疫情信息，将武汉不明原因的病毒性肺炎疫情病原学鉴定取得的初步进展分享给世界卫生组织。

2020年1月10日

中国科学院武汉病毒研究所等专业机构初步研发出检测试剂盒。

中国疾控中心将新型冠状病毒核酸检测引物探针序列信息通报世界卫生组织。

2020年1月11日

武汉市卫生健康委员会发布关于不明原因的病毒性肺炎的情况通报。

2020年1月12日

武汉市卫生健康委员会在情况通报中首次将“不明原因的病毒性肺炎”更名为“新冠病毒感染的肺炎”。

中国疾控中心、中国医学科学院、中国科学院武汉病毒研究所作为国家卫生健康委员会指定机构，向世界卫生组织提交新型冠状病毒基因组序列信息，在全球流感共享数据库（GISAID）发布，全球共享。

国家卫健委与世界卫生组织分享新冠病毒基因组序列信息。

2020年1月14日

国家卫健委召开全国电视电话会议，部署加强湖北省武汉市疫情防控工作，做好全国疫情防范应对准备工作。

2020年1月15日

国家卫健委发布新型冠状病毒感染的肺炎第一版诊疗方案、防控方案。

2020年1月16日

聚合酶链式反应（PCR）诊断试剂优化完成，武汉市对全部69所二级以上医院发热门诊就医和留观治疗的患者进行主动筛查。

2020年1月18日

国家卫健委组织以钟南山为组长的国家医疗与防控高级别专家组赶至武汉实地考察疫情防控工作（至19日）。

国家卫健委发布新型冠状病毒感染的肺炎第二版诊疗方案。

2020年1月19日

国家卫健委向各地发放核酸检测试剂。

美国疾控中心就疫情防控中的有关情况与中国疾控中心沟通。

武汉市卫生健康委凌晨通报：截至1月17日24时，累计报告新型冠状病毒感染的肺炎病例62例，已治愈出院19例，在治重症8例，死亡2例。

2020年1月20日

国家卫健委组织高级别专家组召开记者会，证实新冠病毒存在“人传人”。

国家卫健委发布公告，将新冠肺炎纳入传染病防治法规定的乙类传染病，采取甲类传染病的预防、控制措施。

2020年1月21日

国家卫健委开始每日在官方网站、政务新媒体平台发布前一天的疫情情况。

世界卫生组织在官网发布消息说，1月20日至21日派团对中国武汉进行了现场考察，到访武汉天河国际机场、中南医院和湖北省疾控中心。中国专家与世界卫生组织驻华代表高力、世界卫生组织西太区办事处事件管理主任巴巴图德等考察团成员分享了包括病例定义、临床管理和感染控制在内的一系列规程，可用于国际抗击新型冠状病毒疫情指南的制定。

2020 年 1 月 22 日

国家卫健委发布新型冠状病毒感染的肺炎第三版诊疗方案。

湖北省启动突发公共卫生事件Ⅱ级应急响应。

国家卫健委收到美方通报，美国国内发现首例确诊病例。

2020 年 1 月 23 日

武汉疫情防控指挥部发布 1 号通告，早上 10 时起机场、火车站离汉通道暂时关闭。

交通运输部紧急通知，全国暂停进入武汉道路水路客运班线发班。

广东、浙江率先启动重大突发公共卫生事件Ⅰ级响应。

火神山医院开建。

国家卫健委要求相关医疗机构成立重症病例医疗救治工作组，提出《新型冠状病毒感染的肺炎重症、危重症病例诊疗方案（试行）》。

2020 年 1 月 24 日

湖北启动重大突发公共卫生事件Ⅰ级响应。

解放军三支支援湖北医疗队从上海、重庆、西安三地，抵达武汉。

上海、广东等多地支援湖北医疗队组队完毕，驰援武汉。

新冠病毒第一张电子显微镜照片和毒株信息发布。

2020 年 1 月 25 日

中共中央政治局常务委员会召开会议，研究疫情防控工作。中央应对疫情工作领导小组成立。

截至当日，全国 30 个省份先后启动重大突发公共卫生事件Ⅰ级响应。

2020 年 1 月 26 日

解放军援汉抗击新型冠状病毒医疗队全面展开救治工作。

雷神山医院开建。

第一批国家支援湖北医疗队赶赴武汉疫情防控一线。121 位重症医学科、呼吸科、感染科医学专家和医护人员来自北京医院、北京协和医院、中日友好医院、北京大学人民医院、北京大学第一医院和第三医院 6 家在京医院。

2020 年 1 月 27 日

以国务院副总理孙春兰为组长的中央指导组进驻武汉。

国家卫健委发布《新型冠状病毒感染的肺炎诊疗方案（试行

第四版)》。

2020 年 1 月 29 日

全国 31 个省份先后启动重大突发公共卫生事件Ⅰ级响应。

2020 年 2 月 2 日

武汉市新冠肺炎疫情防控指挥部要求，当日中午 12 点前完成“四类人员”的集中收治和隔离工作。

火神山医院落成。

2020 年 2 月 3 日

习近平总书记主持召开中共中央政治局常务委员会会议，听取中央应对新型冠状病毒感染肺炎疫情工作领导小组和有关部门关于疫情防控工作情况的汇报，研究下一步疫情防控工作。

武汉连夜兴建首批方舱医院。

2020 年 2 月 4 日

湖北省红十字会党组成员、专职副会长张钦被免职，并给予党内严重警告、政务记大过处分。

2020年2月5日

习近平总书记主持召开中央全面依法治国委员会第三次会议并发表重要讲话，强调全面提高依法防控、依法治理能力，为疫情防控工作提供有力法治保障。

国家卫健委修订发布《新型冠状病毒感染的肺炎诊疗方案（试行第五版）》。该方案特别规定，湖北省新增“临床诊断”分类，并修改“疑似病例”标准。这使得新增确诊病例锐增，大量疑似病人进入治疗程序。

湖北省新冠肺炎疫情防控指挥部要求，确保疑似和确诊病例“应收尽收、应治尽治”，确保一个都不放过。

武汉方舱医院收治第一批患者。

2020年2月6日

武汉市疫情全面排查动员部署会召开，会议提出要举全市之力入户上门排查“四类人员”，强化网格化管理，不落一户、不漏一人。

2020年2月7日

李文亮医生因感染新冠肺炎去世，引发网上大规模哀悼。

国家监察委决定派出调查组赴湖北省武汉市，全面调查涉及李文亮医生的有关问题。

2020年2月8日

国家卫健委副主任王贺胜出任湖北省委委员、常委。

武汉雷神山医院交付使用。

2020年2月9日

第一位重症患者在武汉接受血浆治疗。

2020年2月10日

习近平总书记在北京调研指导新型冠状病毒肺炎疫情防控工作，要求坚决打赢疫情防控的人民战争、总体战、阻击战。

2020年2月12日

习近平总书记主持召开中共中央政治局常务委员会会议，听取中央应对新型冠状病毒感染肺炎疫情工作领导小组汇报，分析当前新冠肺炎疫情形势，研究加强疫情防控工作。

2020年2月13日

湖北省委书记和武汉市委书记调整，上海市市长应勇接替蒋超良，任中共湖北省委书记；济南市委书记王忠林接替马国强，任中共武汉市委书记。

2020 年 2 月 14 日

习近平总书记主持召开中央全面深化改革委员会第十二次会议并发表重要讲话，强调完善重大疫情防控体制机制，健全国家公共卫生应急管理体系。

2020 年 2 月 16 日

中国—世界卫生组织联合专家考察组开始为期 9 天的在华考察调研工作，对北京、成都、广州、深圳和武汉等地进行实地考察调研。

全国第一例新冠肺炎逝世患者的遗体解剖工作完成。

2020 年 2 月 18 日

国务院联防联控机制印发《关于科学防治精准施策分区分级做好新冠肺炎疫情防控工作的指导意见》。

2020 年 2 月 19 日

习近平总书记主持召开中共中央政治局常务委员会会议，听取疫情防控工作汇报，研究统筹做好疫情防控和经济社会发展工作，决定将有关意见提请中央政治局会议审议。

习近平总书记作出重要指示强调，务必高度重视对医务人员的保护、关心、爱护，确保医务人员持续健康投入战胜疫情斗争。

2020年2月21日

习近平总书记主持召开中共中央政治局会议，研究新冠肺炎疫情防控工作，部署统筹做好疫情防控和经济社会发展工作。会议指出，要维护全球供应链稳定，积极开展疫情防控国际合作。

2020年2月23日

习近平总书记在统筹推进新冠肺炎疫情防控和经济社会发展工作部署会议上强调，当前疫情防控正处在最吃劲的关键阶段，要继续毫不放松抓紧抓实抓细各项防控工作，努力实现今年经济社会发展目标任务。

2020年2月24日

2月21日至24日，甘肃、辽宁、贵州、云南四省先后将突发公共卫生事件应急响应级别由一级调整为三级，山西、广东由一级调整为二级。

2020年2月26日

习近平总书记主持召开中共中央政治局常务委员会会议，听取中央应对新型冠状病毒感染肺炎疫情工作领导小组汇报，分析当前疫情形势，研究部署近期防控重点工作。

2020年3月2日

习近平总书记在北京考察新冠肺炎防控科研攻关工作时强调，要把新冠肺炎防控科研攻关作为一项重大而紧迫任务，综合多学科力量，统一领导、协同推进，在坚持科学性、确保安全性的基础上加快研发进度，尽快攻克疫情防控的重点难点问题，为打赢疫情防控人民战争、总体战、阻击战提供强大科技支撑。

2020年3月3日

国家卫健委发布《新型冠状病毒肺炎诊疗方案（试行第七版）》，在传播途径、临床表现、诊断标准等多个方面作出修改和完善，强调加强中西医结合。

2020年3月5日

截至当日，中国已与全球100多个国家、10多个国际和地区组织分享疫情防控和诊疗方案等技术文件，与世界卫生组织、东盟、亚太经合组织等国际和地区组织，以及日本、俄罗斯、德国、美国等国家通过专家研讨和远程会议等方式开展技术交流，及时分享中国疫情防控经验和方案。

2020年3月7日

中方宣布向世界卫生组织捐款2000万美元，以支持世界卫生组织开展抗击新冠肺炎疫情的国际合作。

2020年3月10日

习近平总书记专门赴湖北省武汉市考察疫情防控工作。

武汉16个方舱医院全部休舱。

2020年3月11日

湖北省宣布分区分级推进企业复工复产。

2020年3月12日

国家卫健委表示我国本轮疫情流行高峰已过去。

2020年3月13日

我国境外输入病例数首次多于本土新增病例数。

2020年3月16日

中央要求制订方案组织援鄂医务人员分批撤离。

2020年3月18日

习近平总书记主持召开中共中央政治局常务委员会会议，强调加强疫情防控国际合作，完善应对输入性风险的防控策略和政策举措，继续提供力所能及的帮助。

中国31个省（自治区、直辖市）和新疆生产建设兵团首次无新增本土确诊病例。

2020年3月25日

习近平总书记主持召开中共中央政治局常务委员会会议，听取疫情防控工作和当前经济形势的汇报，研究当前疫情防控和经济工作，决定将有关意见提请中央政治局会议审议。

2020年3月26日

中国国家主席习近平在北京出席二十国集团领导人应对新冠肺炎特别峰会并发表题为《携手抗疫　共克时艰》的重要讲话。

2020年3月27日

习近平总书记主持召开中共中央政治局会议。会议指出，要推进疫情防控国际合作，同世界卫生组织深化交流合作，继续向有关国家提供力所能及的帮助。

2020年4月8日

零时起，武汉市解除离汉离鄂通道管控措施。

附录三

热点话题调查

1. 疫情防控越吃劲 越要坚持依法

——透视传染病防治法等法律法规中的“战疫大招”

新华社北京2月10日电 题：疫情防控越吃劲 越要坚持依法——透视传染病防治法等法律法规中的“战疫大招”

新冠肺炎被纳入乙类传染病，为什么要采取甲类传染病的预防、控制措施？各方面应如何依照《中华人民共和国传染病防治法》等法律法规的规定做好新冠肺炎疫情防控工作？新华社记者就此采访了国家卫生健康委员会有关负责人、相关专家及工作人员。

“乙类甲管”有利于迅速有效控制疫情

日前，国家卫健委发布1号公告，将新冠肺炎纳入《中华人民共和国传染病防治法》规定的乙类传染病，并采取甲类传染病的预防、控制措施。将新冠肺炎纳入《中华人民共和国国境卫生检疫法》规定的检疫传染病管理。

在甲类传染病防控方面，传染病防治法规定了哪些措施？

根据传染病防治法有关规定，医疗机构发现甲类传染病时，应当及时采取下列措施：

对病人、病原携带者，予以隔离治疗，隔离期限根据医学检查结果确定；

对疑似病人，确诊前在指定场所单独隔离治疗；

对医疗机构内的病人、病原携带者、疑似病人的密切接触者，在指定场所进行医学观察和采取其他必要的预防措施。

国家卫健委有关负责人指出，采取病人隔离治疗、密切接触者隔离医学观察等甲类传染病预防控制措施，有利于迅速有效控制疫情。

据了解，由于新型冠状病毒是新发现的病原，其传播力和毒力还需要进一步观察，且新冠肺炎是以呼吸道传播为主的传染病。有关负责人表示，采取甲类传染病的预防、控制措施，是出于对人民健康高度负责的考虑。

此前，国家卫健委应急办主任许树强在国新办发布会上表示，采取“乙类甲管”意味着各地、各部门和各级各类医疗卫生机构可以依法采取发热病人筛查、确诊和疑似病例的隔离治疗、密切接触者隔离医学观察，以及其他更加严格的防控措施。

国家医疗专家组成员、北京地坛医院感染性疾病诊疗与研究中心首席专家李兴旺指出，甲类传染病的报告时限更短、隔离措施很强，这样一些措施对控制疫情能够起到关键作用。

依法加强疫情群防群控

“新冠肺炎实行的是甲类管理，只有严格遵照传染病防治法，才能群防群控。”北京市方庄社区卫生服务中心主任吴浩说，我们多渠道对辖区居民进行防控知识和措施的普及，旨在让居民认识到，当前一些短暂的生活约束举措，是对自己、对家庭、对社会负责任的体现。

记者了解到，在武汉市多个社区，社区工作人员遇到不想去隔离点的，一方面加强传染病防治法等法律法规宣传，另一方面耐心做好思想和心理疏导工作，仍然拒绝的由公安机关配合护送至隔离点。

吴浩说：“此次疫情防控，基层社区卫生服务机构既要承担网点责任，又要保障居民的基本医疗和公共卫生需求，工作量很大。我们希望广大居民能积极理解和配合，主动报告、主动隔离、主动参与群控，早日战胜疫情。”

中国法学会行政法学研究会副会长莫于川认为，在防控新冠肺炎疫情工作中，应依照我国突发事件应对法等相关法律法规规定，充分发挥应急救援志愿服务组织、志愿者的作用，依靠包括专家队伍在内的广大人民群众实现群防群控、共同治理，齐心协力坚决打赢这一场应对突发公共卫生事件的人民战争。

各方应严格依法履行疫情防控义务

专家指出，在防控新冠肺炎疫情工作中，《中华人民共和国传染病防治法》等法律法规也规定了单位和个人的相关义务。

近期，一些地方政府存在防疫物资征用行为不规范问题，引发社会关注。中国人民大学法学院教授王旭指出，根据《中华人民共和国传染病防治法》第四条、第十条、第四十三条、第四十五条及《突发公共卫生事件应急条例》第二十五条相关规定，中央人民政府及有关组成部门对于疫情全国防控的组织领导、指挥协调、预案制订、物质调配、信息发布等五个方面享有统一事权，各地应依法服从安排调度，无权自行采取包括制订预案、标准，调配资源，管控人员等方面的措施。

1月20日，北京市人大常委会第十八次会议审议通过了《北京市人民代表大会常务委员会关于依法防控新型冠状病毒感染肺炎疫情坚决打赢疫情防控阻击战的决定》。其中明确规定，隐瞒病情、造谣传谣、哄抬物价等严重阻碍疫情防控工作的行为将被追究刑事责任。

此外，传染病防治法第十二条规定："在中华人民共和国领域内的一切单位和个人，必须接受疾病预防控制机构、医疗机构有关传染病的调查、检验、采集样本、隔离治疗等预防、控制措施，如实提供有关情况。疾病预防控制机构、医疗机构不得泄露涉及个人隐私的有关信息、资料。”

传染病防治法第三十一条规定：“任何单位和个人发现传染病病人或者疑似传染病病人时，应当及时向附近的疾病预防控制机构或者医疗机构报告。”

对拒绝或者擅自脱离隔离治疗的病人、疑似病人，传染病防治法第三十九条规定：“拒绝隔离治疗或者隔离期未满擅自脱离隔离治疗的，可以由公安机关协助医疗机构采取强制隔离治疗措施。”

（新华社记者　陈　聪）

2. 心理战“疫”进入“换挡期”，有哪些新风险？该如何应对？

新华社北京3月11日电 题：心理战“疫”进入“换挡期”，有哪些新风险？该如何应对？

“要加强心理疏导和心理干预，尤其是要加强对患者及其家属、病亡者家属等的心理疏导工作。”随着国内外疫情防控情况逐渐变化、复产复工持续推进、开学复课逐步临近……专家认为，当前广大公众的心理状况也正步入“换挡期”。

在“换挡期”，可能会出现哪些新风险？心理抗疫措施应如何跟上？是否会“疫”走了之？新华社记者就此展开调查。

从“加油”到“换挡”：新风险不容忽视

随着疫情防控进入新阶段，国家二级心理咨询师高璇向记者表示，当疫情早期带来的“潮水般”的心理应激反应过去，一些新的心理健康风险将会浮现出来。

“一开始是恐惧与焦虑，后来变得愤怒，又觉得很无力，最近更多感到抑郁和对家人的内疚……”心理咨询师严艺家目前独自在英国伦敦留学，家人都在上海。她告诉记者，最近眼看国内情况趋于好转，疫情却又在欧洲暴发，这令原定4月春假回国探亲的计划充满变数。

43岁的新冠肺炎患者陈玉（化名）治愈后仍在医学隔离中。目前她仍有不少担心，如：治愈后是否还会“转阳”？返岗后同事们是否会用“有色眼镜”看自己？更令她担心的是孩子返校后是否会被同学们排斥、歧视。

“我要崩溃了”“头要爆炸”“不想说话了”……记者看到，南昌市某隔离点的微信群被隔离观察期已近结束的阿俊（化名）刷屏了。心理咨询师经过沟通发现，他因为突然意识到马上将直接面对各类复产复工相关手续，千头万绪一下子不知如何面对，导致负面情绪暴发。

记者还了解到，虽然近来疫情防控情况持续好转，但部分一线医护人员、基层防控人员的疲劳感、倦怠感和情绪波动情况却有所加重。还有一些家庭由于延迟开学出现了亲子关系紧张等问题。

中科院心理所研究员高文斌解释称，社会心理“换挡期”的特点是公众对疫情的恐惧和警觉有所下降，但不同人群的心理差异性会逐渐显现，“如不及时疏导干预，可能影响社会稳定，干扰战‘疫’大局。”

心理抗疫不能“疫”走了之

北京大学心理咨询与治疗中心主任方新等专家认为，此次“战”疫中心理工作得到充分重视，但步入“换挡期”后，单纯“倾听陪伴”“加油鼓劲”等方式已不能满足公众心理健康需求。多名专家向记者表示，当前心理抗疫工作须多方着力。

心理疏导与干预应融入社会治理各环节。北京大学第六医院临床心理科主任黄薛冰认为：“心理干预原则应被更多融入分区分级防控、复工复产、返程返乡等决策施策过程中，使其不断适应现实情况变化，成为战‘疫’政策措施与公众日常生活之间的黏合剂。”

心理抗疫措施应更注重针对性。高文斌曾在“非典”期间主持“患者与医护人员的心理干预”项目，他告诉记者，随疫情发展，对医护人员和患者的心理干预要特别注意“一少一多”的特征，即：虽然咨询量会越来越少，但相关人员复杂的心理问题会越来越多。此前，国家卫健委已发文要求将心理危机干预纳入疫情防控整体部署，按六类重点人群分类干预。

应保障心理抗疫措施的持续性。“数据显示，汶川地震6个月以后青少年创伤后应激障碍发生率达9.7%左右，而SARS疫情发生两年后有10%左右的患者出现了创伤后应激障碍。”中国科学院院士、北京大学第六医院院长陆林表示，应在制度、人力上早做安排，保障把心理疏导和干预坚持下去，不能“疫”走了之。

一些专家提醒，心理疏导干预领域专业人员短缺问题不容忽视。武汉市精神卫生中心的“心心语”心理热线有关负责人担心，一旦各类援助退去，仅凭30多名心理咨询师、志愿者可能远远不能满足巨大的心理援助需求。据国家卫健委统计，目前调派到湖北省的精神心理工作者有415人，开设了7个24小时网络心理平台。

战“疫”之后：心理疏导干预服务将融入日常生活

江西省南昌市未成年人心理健康辅导中心主任何静丽最近发现，随疫情好转，“冷”了一段时间的热线又“热”了起来，而且许多咨询内容已不仅与疫情相关，夫妻、亲子、邻里关系等与日常生活相关的内容多了起来。她认为，在战“疫”中被激活并丰富起来的心理疏导干预机制应该在今后融入日常生活，这有利于提高公众生活质量、提升社会治理效能。

记者了解到已有不少地方正为此积累资源。在江西省南昌市，市防控应急指挥部成立了以心理咨询师为主体的人文关怀工作组，招募600多名有一定专业素养的志愿者，通过社交媒体将心理疏导干预的触角深入社区人群。

在上海，卫生健康部门在上海“健康云”网络平台设立心理服务版块，目前已有200余名专业咨询人员参与，提供24小时服务。截至3月9日24时，平台和热线接受咨询4046人次，在线心理自评超过40万人次。

互联网平台有效提升了心理健康资源使用效率。疫情期间，知乎APP通过设置“心理援助”“大家，不怕”等版块、开办“送你一副心理口罩”网络圆桌帮助网友缓解焦虑情绪、保持心理健康。互联网心理咨询平台“简单心理”开设“医护专线”，特别向医护人员提供免费的心理服务。

智联招聘在智享盒子小程序上线《返岗复工后的心态调适》《复工后员工心理与情绪疏导》等系列课程，邀请来自清华、中科院等知名院校、科研机构的专家在线授课，助力保障复工复产环境中的心理健康。“今日头条”在“抗击肺炎”频道中上线了壹心理、京东健康、北师大心理咨询中心等平台免费为公众提供心理咨询，已累计服务超过140万个用户。相关内容在疫情结束后将转移至“今日头条”健康小程序继续服务公众。

“2019年我国已启动全国社会心理服务体系试点建设，现在看来这项工作提前迎来了考验，已经等不得了。”黄薛冰说。

对于在当前专业人才资源有限情况下如何有效开展相关心理工作的问题，高文斌认为，各企业、机关事业单位的党委、工会等人力资源部门可以成为社会心理服务提供者的主体之一，“投入规模有限，但可以提供大范围的心理支持”。

（新华社记者：屈婷，参与采写记者：仇逸、吴锺昊、林苗苗、赵丹丹）

3. 传染性如何？怎样做好个人防护？如何加强监测防控？
——国家卫健委解答新型冠状病毒无症状感染者相关问题

新华社北京 3 月 31 日电 题：传染性如何？怎样做好个人防护？如何加强监测防控？——国家卫健委解答新型冠状病毒无症状感染者相关问题

当前我国境内新冠肺炎疫情防控向好态势继续巩固，与此同时随着一些地区相继出现无症状感染者病例，无症状感染者监测、追踪、隔离和治疗成为防控重点。

新冠病毒无症状感染者是指无相关临床症状，如发热、咳嗽、咽痛等可自我感知或可临床识别的症状与体征，但呼吸道等标本新冠病毒病原学检测为阳性者。针对无症状感染者的传染性和防控方式等问题，国家卫生健康委员会疾控局有关负责人回答了记者的提问。

防控要求：应集中隔离 14 天

【提问】我国关于新型冠状病毒无症状感染者的防控要求是什么？

【解答】国家卫健委在 1 月 28 日发布《新冠病毒感染的肺炎防控方案（第三版）》中就将新型冠状病毒无症状感染者纳入防控管理，在其后的修订过程中均对无症状感染者的报告、管理等提出了明确具体的要求。各级各类医疗卫生机构发现无症状感染者，应于 2 小时内进行网络直报。县（区）级疾控机构接到无症状感染者报告后，24 小时内完成个案调查，并及时进行密切接触者登记，将个案调查表或调查报告及时通过传染病报告管理信息系统进行上报。无症状感染者应集中隔离 14 天，原则上集中隔离满 14 天且两次连续标本核酸检测为阴性者（采样时间至少间隔 24 小时）可解除隔离；如果核酸检测仍为阳性者，则继续隔离医学观察。隔离医学观察期间如出现临床表现，应及时转归为确诊病例，进行规范治疗。无症状感染者密切接触者也要进行 14 天的集中隔离医学观察。

目前 1541 例无症状感染者接受医学观察

【提问】无症状感染者通过什么途径发现？

【解答】目前我们主要通过以下途径主动发现无症状感染者：一是对新冠肺炎病例的密切接触者开展医学观察期间的主动检测；二是在聚集性疫情调查中开展的主动检测；三是在新冠肺炎病例的传染源追踪过程中对暴露人群主动检测；四是对部分有境内外新冠肺炎病例持续传播地区的旅行史和居住史人员开展主动检测。

截至2020年3月30日24时，接受医学观察的无症状感染者为1541例，其中境外输入205例。

传染性强弱：专家认为传播机会相对较少

【提问】无症状感染者有无传染性?

【解答】根据国家和部分省份开展的密切接触者监测数据，无症状感染者的密切接触者存在二代病例续发，流行病学调查中发现个别由无症状感染者导致的聚集性疫情，有小样本量的研究显示无症状感染者呼吸道样本中的病毒载量与确诊病例没有太大差异。综合目前的监测和研究，无症状感染者存在传染性，但其传染期长短、传染性强弱、传播方式等尚需开展进一步科学研究。部分专家认为鉴于无症状感染者的呼吸道标本能检出病原核酸，但由于无咳嗽、打喷嚏等临床症状，病原排出体外引起传播的机会较确诊病例相对少一些。

防控难点：尚有部分无症状感染者难以被发现

【提问】如何做好无症状感染者的风险评估及防控工作？

【解答】无症状感染者存在着传播风险。一是传播的隐匿性。由于无症状感染者无任何明显的症状与体征，其在人群中难以被发现，其导致的传播也难以预防。二是症状的主观性。症状轻微或不典型者可能认为自己没有感染新冠病毒，不主动去医疗机构就诊，在日常的诊疗工作中难以被发现。三是发现的局限性。由于存在检测窗口期，采用核酸检测和血清学检测方法难以发现全部无症状感染者，现有的无症状感染者主要是通过病例的密切接触者主动筛查、感染来源调查、聚集性疫情调查和对高风险地区人员的主动检测发现的，尚有部分无症状感染者难以被发现。

为此，要突出做好无症状感染者监测，有针对性地加大筛查力度，将检测范围扩大至已发现病例和无症状感染者的密切接触者、重点地区和重点人群等。一旦发现无症状感染者，要立即按“四早”要求，严格集中隔离和医学观察，对密切接触者也要实施隔离医学观察。

由于部分无症状感染者始终无症状，实际防控工作中无法将发现和隔离无症状感染者作为主导措施。因此我们仍将继续着重于及时发现隔离确诊患者，并做好密切接触者管理。我国经验表明，做好确诊病例的及时发现和隔离，并适度采取减少人际接触等措施，可以基本阻断疫情传播。

下一步举措：加强监测、救治和防控

【提问】下一步如何做好无症状感染者防控管理？

【解答】一是完善防治方案。抓紧在疫情重点地区抽取一定比例样本，开展无症状感染者调查和流行病学分析研究，完善防控措施，修订完善防控方案和诊疗方案，科学应对无症状感染者带来的感染风险，遏制可能形成新的疫情传播。

二是加大筛查监测。有针对性地加大筛查力度，将检测范围扩大至已发现病例和无症状感染者的密切接触者、重点地区和重点人群等。结合复工复产复学实际，加强对重点城市、重点人群、重点场所的监测，最大限度发现隐患。做好疫情跨境输入输出防范，对所有入境人员进行核酸检测。发现无症状感染者后，及时开展流行病学调查，查清来源，公开透明发布信息。

三是强化管理救治。一旦发现无症状感染者，要立即按“四早”要求，严格集中隔离和医学管理，对密切接触者也要实施隔离医学观察。隔离期间出现症状，立即转运至定点医疗机构进行救治。

四是加强群防群控。坚持群专结合，加大防疫知识科普宣传力度，指导公众科学防护，广泛开展培训，提高基层疾控人员、医务人员和社区工作人员等的防控能力和水平。从4月1日起在疫情通报中公布无症状感染者报告、转归和管理情况，及时回应社会关切。

个人防护：养成勤洗手、戴口罩等健康生活行为方式

【提问】如何做好个人防护?

【解答】公众要加强自我保护和健康文明意识，强化环境卫生及个人卫生防护，养成勤洗手、戴口罩、讲究手卫生、一米线、开窗通风、清洁消毒、分餐制、生病时减少去人员聚集场所和科学戴口罩等健康生活行为方式。要广泛开展爱国卫生运动，本着“既保护自己，也

保护他人健康”的理念，将健康知识传播到每个家庭和个人，形成良好卫生习惯和文明健康、绿色环保的生活方式，提升心理健康水平和健康素养水平。如个人核酸检测为阳性后不必恐慌，要主动配合医疗卫生机构做好健康监测和隔离医学观察，出现发热、咳嗽等症状后及时报告，接受医疗机构规范诊治。

（新华社记者　陈　聪）

附录四

国务院联防联控机制新闻发布会消息

2020年2月12日发布：

国务院联防联控机制：教育系统多措并举做好疫情防控

新华社北京2月12日电 记者从2月12日举行的国务院联防联控机制新闻发布会上了解到，自新冠肺炎疫情发生以来，我国教育系统对疫情期间“停课不停学”工作作出安排，各高校附属医院全力投入当地的疫情防控工作中。

教育部基础教育司司长吕玉刚在新闻发布会上表示，教育部指导各地认真做好“停课不停学”的有关工作。教育部整合国家及有关省市和学校的优质教学资源，将于2月17日正式开通国家中小学网络云平台，免费供各地自主选择使用。平台的资源包括新冠肺炎防疫的有关知识、红色教育资源、专题教育资源、数字教材资源，以及从小学到普通高中主要学科课程的学习资源。课程时间一般在20分钟左右。

教育部高等教育司司长吴岩说，自新冠肺炎疫情发生以来，全国高等医学院校和举办医学教育的综合大学积极组织附属医院的医务人员全力支持武汉、支持湖北。截至2月10日，有123所高校的287家附属医院派出了7924名医护人员驰援武汉和湖北，其中教育部直属高校20所，61家医院派出3787人；其他部委属高校5所，共7家医院派出264人；98所地方高校的219家医院派出3873人。

吴岩说，全国高校的350多家附属医院按照当地卫生健康部门的统一部署，全面投入当地疫情的防控工作中。在这次疫情阻击战中，高校的附属医院组织精兵强将，全力支援武汉和湖北抗击疫情，全力投入当地的疫情防控工作中，成为抗击疫情的重要生力军。

（新华社记者　陈　聪　高　蕾）

2020年2月13日发布：

国务院联防联控机制：加大医疗物资和医疗资源调配 保障重点地区需要

新华社北京2月13日电 记者从2月13日举行的国务院联防联控机制新闻发布会上了解到，按照党中央的决策部署，国务院联防联控机制加大政策协调和物资调配力度，优先保障重点地区需要。

工业和信息化部消费品工业司副司长曹学军在新闻发布会上说，工业和信息化部充分发挥联防联控机制医疗物资保障组组长单位的作用，积极推动重点生产企业复工复产、增能扩产，抓好重点疫情防控物资的统一调拨，全力满足湖北特别是武汉的疫情防控需求。据统计，截至2月12日，国内生产企业累计向湖北运抵医用防护服72.67万件，医用隔离面罩和隔离眼罩35.84万件，负压救护车156辆，呼吸机2286台，心电监护仪6929台，全自动红外测温仪761台。

国家发展改革委产业发展司一级巡视员夏农说，国家发改委从迅速组织企业恢复生产、大力推动企业扩能改造、保障全产业链协调运行等方面采取措施扩大口罩生产。截至2月11日，全国口罩产能利用率已达94%，特别是一线防控急需的医用N95口罩，产能利用率已达到128%。

在医疗资源调配方面，国家卫生健康委员会医政医管局监察专员郭燕红说，国家卫健委坚决把医疗资源集中到抗疫一线，从全国29个省份和新疆生产建设兵团调集2万多名医护人员组成180多个医疗队支持湖北和武汉。针对湖北和武汉重症病例多的问题，增派的医疗力量当中有7000多名重症专业的医护人员，以加大重症救治力度。

郭燕红说，从2月7日开始，全国每天治愈出院的患者达到500人以上，目前累计治愈出院病例近6000例。治愈出院的病人越来越多，是一个非常积极的信号，说明新冠肺炎防治工作显现了一定的成效。

（新华社记者　陈　聪　马卓言）

2020年2月16日发布：

国务院联防联控机制：基层医疗机构和医务人员积极开展疫情防控

新华社北京2月16日电 记者从2月16日举行的国务院联防联控机制新闻发布会上了解到，在党中央、国务院集中统一领导下，联防联控机制各部门协同联动，精准施策，全力开展新冠肺炎疫情防控阻击战。社区作为疫情联防联控第一线，基层医疗机构和医务人员也在积极开展疫情防控。

国家卫生健康委员会基层司副司长诸宏明在新闻发布会上说，自疫情防控工作开展以来，我国近400万名基层医疗卫生机构医务人员做到了全出动、齐上阵，在疫情防控中发挥了积极作用。

诸宏明说，基层医疗机构和医务人员主要开展了三个方面的工作：一是守好阵地，包括做好预检分诊，及时发现发热病人和疑似患者并做好隔离和转诊，同时开展正常的诊疗活动。二是基层医务人员和社区工作者一起进行网格式管理和地毯式排查，进行居家或集中隔离管理。三是把好道口，包括在机场、码头、高速公路的出入口等地，大家都可以看到基层医务人员的身影。还有很多年轻的90后冲在一线，通宵达旦守在道口，起到了非常好的作用。

对于有些地方基层医务人员负担很重、很多时间被浪费在填表上的情况，诸宏明说，我们通过联防联控机制下发了文件，要求减轻基层负担，全力做好基层的防控工作。除传染病防治法规定的必须填的表格外，其他和疫情防控工作无关的报表、总结可以暂停。另外，有些信息要推进共享，可以通过国家和各地联防联控机制来进行统筹，通过信息直报系统上报数据，使数据上报快捷方便、更加精准。

对于出现疑似或确诊病例的小区是否需要封闭管理的问题，国家卫健委疾控局副局长周宇辉说，国家卫健委制定了社区防控工作方案，科学分类实施社区防控策略措施。对于出现社区传播疫情，必要时可采取相应措施，限制人员出入。各地在此方案指导下，结合疫情的形势，制定了适合本地的防控策略和措施。

（新华社记者　陈　聪　熊　丰）

2020 年 2 月 17 日发布：

国务院联防联控机制：新冠肺炎治愈患者已逾万例

新华社北京2月17日电 国家卫生健康委员会医政医管局监察专员郭燕红2月17日说，目前新冠肺炎治愈出院患者已逾万例。

郭燕红在当天举行的国务院联防联控机制新闻发布会上说，截至2月16日最新数据显示，治愈出院患者超过1万例，除湖北以外的新确诊病例数已实现连续13天下降，这些信号说明我们的防治工作取得了很好的效果。

郭燕红说，治愈出院患者中约有90%是轻症，约10%是重症和危重症，从患者发病到确诊的时间段来看，全国平均为4.95天，说明缩短诊断时间、及时诊疗、早诊早治，是提高治愈率非常有效的措施。

对于患者治疗情况，郭燕红介绍说，90%以上患者都采用了抗病毒治疗、对症治疗，包括呼吸支持、循环支持、提高免疫力等一系列综合诊疗手段来加速患者治愈。近期，武汉通过早诊早治、对轻症病人收治后的连续观察，当地重症占比已从初期的38%下降到目前的18%。

（新华社记者 陈 聪 屈 婷）

2020年2月18日发布：

国务院联防联控机制：保障“菜篮子”产品供应 分类分区做好春耕备耕

新华社北京2月18日电 记者从2月18日举行的国务院联防联控机制新闻发布会上了解到，农业农村部等有关部门采取多种措施积极组织农产品生产，确保农产品供应，同时保障重点地区春耕备耕用肥用药的需要，全力打好今年农业丰收攻坚战。

农业农村部市场与信息化司副司长宋丹阳在新闻发布会上说，新冠肺炎疫情发生后，农业农村部第一时间加强了农产品市场运行监测工作，启动了“菜篮子”产品价格日报制度。

宋丹阳说，从全国情况看，重点“菜篮子”产品市场供给总体充足，市场运行基本平稳，市场价格有涨有跌。2月17日，全国批发市场猪肉均价为每公斤50.8元，比春节前上涨7.6%。此外，蔬菜价格小幅波动，水果价格变化不大，鸡蛋、鸡肉价格偏弱运行。从湖北武汉情况看，蔬菜价格在2月初短暂上涨后，保持稳中略跌走势。从存在的问题看，受疫情影响，部分地区一些蔬菜、水果、畜禽及水产品生产流通和消费受阻，价格出现了一定的波动。

对于部分产地农产品滞销、部分销地价格波动等问题，农业农村部采取多种措施保障“菜篮子”产品供应。宋丹阳说，农业农村部明确把防疫期间“菜篮子”产品供应保障作为今年“菜篮子”市长负责制考核的重要内容，要求各地明确责任分工，逐项打通制约“菜篮子”产品生产供应的堵点和难点。此外，还通过开展产销对接、组织批发市场积极采购滞销果蔬等措施解决上述问题。

俗话说，“人误地一时，地误人一年”，农时不等人。农业农村部种植业管理司司长潘文博说，农业农村部针对今年受疫情影响出现的春耕备耕问题，分类分区精准施策，按照农时农事活动，从南到北排出春耕备耕的工作安排，落实差别化防控疫情的要求，指导无疫情或疫情较轻的地区不误农时抓好抓紧春耕备耕。同时，把化肥、农药等农资纳入国务院联防联控机制生活物资保障范围，保障重点地区春耕备耕用肥用药需要。

（新华社记者　陈　聪　于文静）

2020年2月19日发布：

国务院联防联控机制：复工复产积极推进 稳就业打出组合拳

新华社北京2月19日电 记者从2月19日举行的国务院联防联控机制新闻发布会上了解到，各有关部门在全力做好疫情防控工作的同时，有序推动各类企业复工复产和稳岗就业。

国家发展改革委运行局二级巡视员唐社民在新闻发布会上说，目前企业复工复产已经取得积极进展。从区域来看，广东、江苏、上海等一些经济大省（直辖市）规模以上工业企业复工率超过50%；从企业来看，大型企业相对中小企业复工复产进度快，上游行业和资本技术密集型企业相对下游行业和劳动密集型企业进度更快；从行业看，涉及疫情防控相关物资的企业复工复产成效比较明显，例如口罩近几天的产能利用率一直在100%以上，2月17日的产能利用率达110%。

对于如何帮助小微企业复工复产、渡过难关，人力资源社会保障部失业保险司司长桂桢说，人社部会同财政部出台新举措，加大对中小微企业的支持力度，扩大中小微企业政策受益面，降低政策门槛，放宽申领条件，中小微企业裁员率不高于上年度全国城镇调查失业率控制目标，即5.5%，30人以下企业裁员率不超过20%，都可以申领稳岗返还，即企业所缴上年度失业保险费的50%。

如何在不过多干扰生产秩序的同时确保工作人员的健康，成为很多人关心的问题。国家卫生健康委职业健康司司长吴宗之说，要严格做好返岗员工的健康管理和监测。企业要掌握员工流动和健康情况，对符合地方政府防控要求的员工安排上岗。要安排专人每天进行体温监测。

在促进高校毕业生就业方面，人社部就业促进司副司长宋鑫说，人社部正会同有关方面抓紧完善就业支持举措，通过组织网络招聘活动、增加线上可以办理事项、开展一系列就业创业政策推介活动等方式，千方百计助力毕业生顺利就业。

国资委宣传局局长夏庆丰说，中央企业的招聘工作在有序推进之中。国资委和中央企业结合疫情防控工作的需要，采取灵活多样的招聘方式，多家中央企业打造线上招聘平台，重点面向应届毕业生进行线上招聘。

（新华社记者　陈　聪　林　晖）

2020年2月20日发布：

国务院联防联控机制：多措并举加强对一线医务人员保障支持

新华社北京2月20日电 记者从2月20日举行的国务院联防联控机制新闻发布会上了解到，国家卫生健康委员会等多部门采取多种措施为奋战在抗击新冠肺炎疫情一线的医务人员提供保障支持，关心关爱一线医务人员。

国家卫健委人事司副司长段勇在新闻发布会上说，国家卫健委发布了《关于全力做好一线医务人员及其家属保障工作的通知》，要求各地从生活、心理、人文、安全、待遇等方面为一线医务人员提供保障支持。

段勇说，国家卫健委也在人社部、财政部等相关部门大力支持下，在短时间之内快速出台了一系列待遇保障政策。一是出台了工伤认定政策，明确医务人员因履行工作职责而感染新冠肺炎的应认定为工伤。二是落实医务人员的待遇政策，向工作在疫情防控一线的医务人员和防疫工作者发放临时工作补助。三是申请提高卫生防疫津贴标准，此项津贴标准已由国务院批准将于近日下发。四是向承担疫情防控任务的医疗卫生机构核增绩效工资总额，允许医疗卫生机构向一线医务人员额外发放工作补助。

中华医学会感染病学分会主任委员王贵强说，自疫情发生以来，医务人员一直是面临危险最大的一个群体。为加强医护人员防护，国家卫健委进一步指导医疗机构加大相关制度标准指南的落实。针对前方的医务人员，要落实好排班，充分休息，保证医务人员得到良好照护，保证有充沛的精力抗击疫情。同时，继续配合联防联控机制医疗物资保障组加大医用防护用品的保障力度，根据诊疗操作的危险程度进行分层管理、分级管理，高风险的防护级别相应要提高，进一步降低感染风险。

此外，国家卫健委还从加强医务人员的健康监测和报告制度、做好医护人员的医疗救治、落实医务人员待遇等方面加强对一线医务人员的保障。

（新华社记者　陈　聪　田晓航）

2020年2月21日发布：

国务院联防联控机制：分类分区分级管控提高防控科学性和精准度

新华社北京2月21日电 记者从2月21日举行的国务院联防联控机制新闻发布会上了解到，公安部、民政部、交通运输部等部门落实分类、分区、分级管控要求，采取多种措施，确保在疫情防控过程中依法防控、科学防控，保障复工复产，维护社会稳定。

公安部治安管理局局长李京生在新闻发布会上说，全国公安机关已协助劝返、隔离、查找有关人员16.6万余人。武汉市公安局紧密结合公安部部署开展的“百万警进千万家”活动，深入开展“万名警察进社区”，将转运送治工作作为当前公安机关的重中之重抓好抓实。

针对有社区工作者在采取严格防控措施时矫枉过正的行为，民政部基层政权建设和社区治理司司长陈越良说，下一步国务院联防联控机制相关部门将督促地方探索建立过度防控行为警示通报制度，同时根据疫情风险等级变化，分类调整城乡社区防控策略，推动社区逐步回归正常生活秩序。此外还将指导各地加强城乡社区工作者培训，帮助其准确把握防控工作要求，避免矫枉过正。

对于如何推动恢复正常交通运输秩序、积极保障复工复产工作，交通运输部办公厅主任徐成光说，截至2月20日，有26个省份恢复了省际道路客运，30个省份恢复了省内道路客运；40个城市持续提供地面公交服务，78个地级市、90个县级市恢复了地面公交运营。

对于湖北、山东、浙江三省的5个监狱发生罪犯感染疫情的情况，司法部监狱管理局负责人何平说，全国监狱系统对监狱确诊的病例按照集中患者、集中专家、集中资源、集中救治的原则隔离救治，同时对在疫情防控中排查不彻底、报告不及时、隔离不到位，导致发生输入性疫情的人员严肃问责。

何平说，全国监狱系统对疑似病例及其密切接触者一律隔离观察，对确诊患者一律送诊治疗，确保全部及时救治。全面排查入监干警职工生活轨迹，严防将传染病源带到监管场所。目前，系统内多名涉事干部被免职。

（新华社记者　陈　聪　孙　奕）

2020年2月23日发布：

国务院联防联控机制：全国煤电油气供应总体充足 多措并举保障能源供应

新华社北京2月23日电 记者从2月23日举行的国务院联防联控机制新闻发布会上了解到，国家发改委、国家能源局等有关部门采取多种措施保障生产、取暖、医疗等能源供应，同时及时解决供暖方面问题，确保人民群众温暖过冬。

国家发展改革委运行局二级巡视员唐社民在新闻发布会上说，当前全国煤电油气供应总体充足。全国大部分煤炭、炼油企业已基本复工复产，电力、油气开采企业保持连续生产作业，铁路运输企业优先运输煤炭等重点物资，煤电油气供应总体充足。到2月20日，全国统调电厂存煤可用27天，秦皇岛港存煤535万吨，都处于较高水平。2月上中旬，全国日均发用电量143亿千瓦时，最大负荷约6.9亿千瓦，发电装机充足，电煤供应稳定，完全能够保障疫情防控和复工复产需要。

在保障全国能源稳定供应方面，国家能源局煤炭司司长鲁俊岭说，国家能源局成立工作专班，专门负责全国能源保供期间的协调和调度，同时建立了能源保障、能源企业复工复产、重大问题协调三个工作机制，通过这三个机制及时分析研判煤电油气等各个领域的供应能力、需求状况以及存在的问题。此外，还通过分领域细化保供措施、压实保供责任、加强安全生产等措施全力做好能源稳定供应。

在保障群众温暖过冬方面，国家能源局电力司司长黄学农说，国家能源局建立天然气保供的日调度机制、北方地区清洁取暖情况旬报机制，及时协调解决清洁取暖工作中出现的问题。疫情防控期间，我们督促各省区市进一步加强对医院、医疗用品生产企业等防疫重点单位的供暖保障，全力保障能源供应，严守安全取暖底线。

黄学农说，国家能源局积极推进天然气、电力、煤炭等各类能源的联保联供，加强天然气产供储销体系建设，供电、供气、供热企业不能因为居民暂时欠缴电费、气费、取暖费而发生断供情况，影响居民生活。

（新华社记者　陈　聪　刘红霞）

2020年2月24日发布：

国务院联防联控机制：用好已有金融支持政策 精准支持疫情防控和企业复工复产

新华社北京2月24日电 记者从2月24日举行的国务院联防联控机制新闻发布会上了解到，人民银行、银保监会等多部门正加快落实已有金融支持政策，如专项再贷款政策、阶段性调整还款期限和方式等，以更精准支持疫情防控和企业复工复产。

人民银行金融市场司副司长彭立峰说，当前金融支持疫情防控和企业复工复产工具主要分为四个层次，分别为3000亿元专项再贷款政策；对企业现存的债务进行接续；进一步加大信贷增量支持；优化信贷结构，提高服务效率。

“实体经济兴，金融才能荣。银行帮助企业渡过难关，实际上也是在帮自己。”彭立峰说，正在密切关注着这些企业的财务状况，根据形势变化积极采取措施，帮扶这些受影响的企业渡过难关。

3000亿元专项再贷款政策备受关注。据介绍，人民银行已经同有关部门对于疫情防控资金使用建立了全流程监控。人民银行已建立了电子台账，会跟踪贷款运用情况，对于日常监测中发现的大额贷款异常信息，将及时提交审计部门予以关注。财政部门也会对中央财政的贴息情况进行监督。审计部门全程参与监督优惠贷款的发放情况和专项再贷款的使用情况。

当前，为缓解小微企业和个体工商户的资金压力，有一些信贷政策相对灵活的股份制银行、地方商业银行允许先还利息，暂不还本金或者适当延长贷款期限等。对此，中国银保监会政策研究局一级巡视员叶燕斐说，这个做法是非常好的，帮助企业要能早贷尽可能早贷，不要“轻症”拖成“重症”。银行金融机构完全有充裕的能力来化解这一风险，出现一些不良现象也能化解掉。

“打仗如救火，不能等的。有些银行要勇于担当、敢于作为。”叶燕斐说，人民银行、银监会的政策很清楚，对受疫情影响的企业、个人可以调整还款期限、还款方式。所以能延的、需要延的，尽可能延，根据实际需要受疫情影响多长时间就延多长时间，银行一定要根据企业的实际情况灵活地使用政策。

（新华社记者　屈　婷　白　瀛）

2020 年 2 月 26 日发布：

国务院联防联控机制：加大支持力度 与住宿餐饮、文体旅游业同克时艰

新华社北京 2 月 26 日电 住宿餐饮、文体旅游行业是受此次疫情影响较大的行业。记者从 2 月 26 日举行的国务院联防联控机制新闻发布会上了解到，商务部、文化和旅游部以及国家体育总局将采取多项举措支持其复工复产，帮扶小微企业，与行业共克时艰。

疫情发生以后，住宿餐饮、文体旅游企业营业收入大幅下降，发展受到冲击。党中央、国务院高度重视，出台了一系列的支持政策，主要包括阶段性减征税费、实施优惠电价、下调支持小微企业再贷款利率等。

商务部服贸司司长冼国义说，根据对 4000 多家生活服务企业开展的问卷调查，截至 2 月 25 日，有 22% 的企业表示已经享受到支持政策。但住宿餐饮等行业中小企业居多，可抵押物少，商务部还在会同相关部门进一步研究出台更有针对性的政策措施，以支持企业渡过难关。

此前，文化和旅游部已决定向旅行社暂退部分旅游服务质量保证金。文化和旅游部市场管理司司长刘克智说，据统计，全国有 3.9 万家旅行社，截至 2 月 25 日提出暂退保证金的共 3.52 万家，占旅行社总数的 90%。应退保证金总额达到 80 亿元，现在已经退还了 34.62 亿元。从反馈的情况看，暂退保证金的政策有效地缓解了企业现金流的压力。

国家体育总局经济司副司长彭维勇说，各地创新推出了一些支持政策，包括专项帮扶资金、赛事补贴、减免场馆租金等，国家体育总局也将采取措施，培育数字体育、在线健身、线上培训等新业态。

随着分区分级精准复工复产的落实，住宿餐饮、文体旅游行业也正逐步复工，如 20 家大型连锁餐饮企业复工率已经达到 57%，住宿业的复工率也已经达到 50% 以上，武汉市 2 月 25 日一天餐饮外卖的数量达到 13 万单。

目前，各有关部委正积极为企业复工提供安全指引和相关保障，也提醒复工复产应安全有序，要按照“分区分级、精准防控”的原则，不宜搞“一刀切”。如对于旅游景区的开放，疫情高风险地区旅游景区暂缓开放，疫情中风险和低风险地区景区开放由当地党委政府决定。

（新华社记者　屈　婷　温竞华）

2020年2月27日发布：

国务院联防联控机制：全面整顿野生动物人工繁育、经营利用机构

新华社北京2月27日电 记者从2月27日举行的国务院联防联控机制新闻发布会上了解到，国家林业和草原局已实施最严格的管控措施，对从事野生动物人工繁育、经营利用的机构进行全面整顿，依法清理已核发的许可证件和文书。

国家林草局野生动植物保护司副司长王维胜在发布会上说，疫情发生以来，国家林草局及时、严格实施了最为严格的野生动物管控系列措施。包括明确要求各地对所有的野生动物人工繁育场所实施封控隔离，停止一切野生动物上市交易和运输等活动，严厉打击违法猎捕、经营利用野生动物的行为，并加强野生动物疫源疫病的监测，全力配合疫病防控研究。

截至2月26日，全国各地林草系统共出动执法人员86.6万余人次，出动车辆9.78万余次，清理整治市场餐馆饭店等经营场所35万余处，检查人工繁育场所15.3万余处，办理野生动物违法案件690起，收缴非法工具2919件，收缴野生动物3.9万余只，收缴封存的野生动物制品1080公斤。

王维胜说，全国人大常委会出台关于全面禁止非法野生动物

交易、革除滥食野生动物陋习、切实保障人民群众生命健康安全的决定后，国家林草局部署一系列措施，严厉打击乱捕滥猎非法交易野生动物等违法犯罪活动，取缔非法野生动物市场、净化网络空间，全面整顿野生动物人工繁育、经营利用的从业机构，依法清理许可证件和文书，一律停止受理以食用为目的的猎捕、经营野生动物活动的申请，严格规范对非食用性利用野生动物活动的审批行为。

此外，国家林草局还将推进《国家重点保护野生动物目录》调整进度，修订“三有”动物名录，完善野生动物人工繁育、经营利用、标识管理等配套的管理办法和技术标准。

（新华社记者　屈　婷　胡　璐）

2020年2月28日发布：

国务院联防联控机制：治愈出院患者超3.6万 尽可能减少轻症变重症

新华社北京2月28日电 记者从2月28日举行的国务院联防联控机制新闻发布会上了解到，全国累计治愈出院患者超3.6万，占累计确诊病例的45.9%。国家卫生健康委员会将采取一系列举措，尽可能减少轻症变重症。

国家卫健委医政医管局监察专员郭燕红说，根据对8400多份出院病例的分析，临床分型中，轻型和普通型占比达90.8%；重型占比为7.2%，危重型为2%。从人群分布来看，轻型病例的平均年龄是43岁，重型、危重型患者平均年龄是53岁。这显示出重症更多累及年龄比较大的人群。

此外，上述8400多份出院病例中，有一种以上基础疾病的有1133例，占13.5%；有两种以上基础疾病的有242例，占2.8%。郭燕红说，这说明有基础疾病的患者，即便是重症患者，通过加强救治也能很好地被治愈。

一些新冠肺炎患者可能在三天到五天内，病情由轻转重。郭燕红说，对轻症管理要真正落实到发现一例，检测一例，确诊一例，治疗一例，尽可能让患者及早地进入治疗过程，以提高治愈率。国家卫健委将组织专家加强对临床预警指标的研究，希望通过此类监测达到提早干预治疗的目的，从而大大地降低轻症向重症、重症向危重症的转化，提高治愈率。

据悉，国家卫健委已出台轻型、普通型新冠肺炎诊疗方案，供全国轻症治疗作为规范和参考。

（新华社记者　屈　婷　王　希）

2020年2月29日发布：

国务院联防联控机制：2.86万名护士支援湖北 在救治中发挥重要作用

新华社北京2月29日电 记者从2月29日举行的国务院联防联控机制新闻发布会上了解到，2.86万名护士驰援湖北，占医疗队总人数的68%，在患者医疗救治中发挥了重要作用。

三分治疗，七分护理——这句话道出护理工作的重要性。国家卫生健康委员会医政医管局监察专员郭燕红说，无论是方舱医院，还是隔离病区、救治重症的ICU，都有护士的身影。他们在医疗救治当中精心照顾、精心治疗、精心观察病情，给予患者心理支持，与医生一道，为促进患者康复、提高治愈率作出了积极的贡献，是“新时代最可爱的人”。

给病人翻身、拍背、吸痰；24小时紧盯胃管、尿管、动静脉置管、胸腹腔引流管等，ICU护士们工作辛苦，意义重大。北京协和医院护理部副主任郭娜说，此次在国家援派的医疗队中共派出5500余名重症专业护士，占重症医务人员总数的3/4，足见其重要性。

护士与病人近距离接触多，职业暴露风险大。据郭娜介绍，国家卫生健康委、国家支援湖北医疗队近日紧急制定了《新冠肺炎重症、危重症患者的护理规范》，还组织了院感防控专家组的专家到医疗队驻点以及武汉市当地新冠肺炎定点医院进行现场培训、指导等。目前，各个医疗队都已经成立了院感小组，做好医务人员科学防护和培训。临床护理工作也得到了进一步规范。

（新华社记者　屈　婷　董瑞丰）